먹을수록 강해지는 폭식투수 7

키르슈 현대 판타지 소설

초판 1쇄 찍은 날 § 2020년 12월 29일
초판 1쇄 펴낸 날 § 2021년 1월 5일

지은이 § 키르슈
펴낸이 § 서경석

편집책임 § 이민지
디자인 § 공간42

펴낸곳 § 도서출판 청어람
등록번호 § 제387-1999-000006호
등록일자 § 1999. 5. 31
어람번호 § 제1-3108호

주소 § 경기도 부천시 부일로 483번길 40 서경B/D 3F (우) 14640
전화 § 032-656-4452 팩스 § 032-656-4453
http://www.chungeoram.com
E-mail § chungeorambook@daum.net

© 키르슈, 2020

ISBN 979-11-04-92294-7 04810
ISBN 979-11-04-92226-8 (세트)

먹을수록 강해지는 폭식투수

7

키르슈 현대 판타지 소설

MODERN FANTASTIC STORY

목차

받고 더블로 가 (2)

스티븐 스트라스버그는 그대로 교체됐다.

7이닝 1실점이라는 기록은 나쁘지 않았다.

아니, 오히려 좋은 성적이었다.

'상대가 나빴을 뿐이지.'

이상진이 타점을 올리고 스티븐 스트라스버그가 교체되자 시카고 컵스의 타선도 일제히 폭발했다.

먼저 더그아웃에 들어와 있던 조나단은 득점을 올리며 홈 베이스를 밟는 이상진을 맞이했다.

"이 자식! 드디어 사고를 치는구나!"

"왜? 못 믿었냐?"

"내가 너를 믿느니 휴스턴이 사인 훔치기를 안 했다는 걸 믿겠다!"

서로 악의 없는 악담을 퍼부으면서 힘차게 포옹하며 웃었다.

그 모습을 보며 시카고 컵스의 코칭스태프와 선수들도 전부 웃음을 터뜨렸다.

처음 봤을 때부터 티격태격하면서 으르렁댔던 두 사람이었다.

아직 서로에게 험한 말을 퍼붓긴 해도 이제는 누구보다도 서로를 챙기고 있었다.

"아까 벤치 클리어링 했을 때 가장 먼저 튀어나간 게 조나단이었지."

"매니저! 그런 말을 하는 게 어디 있습니까!"

"맞다! 조나단이 그랬었지?"

선수들이 전부 킬킬거리면서 조나단을 놀려댔고 그의 얼굴은 순식간에 시뻘게졌다.

그러는 사이 시카고 컵스는 8회에만 5점을 쓸어 담으며 순식간에 승부의 균형을 무너뜨렸다.

8회 말에도 등판해서 마운드의 흙을 다지는 상진을 보며 조나단은 속으로 투덜거렸다.

"아무튼 올해 시작부터 저놈하고 엮이면서 되는 일이 하나도 없어."

그러면서도 입꼬리가 슬쩍 올라가는 것까지는 어떻게 하지 못했다.

가끔 성질을 돋우는 일이 있었지만 재미있었다.

야구 인생에서 이렇게 재미있던 적은 데뷔 때 이후로 처음이 아닌가 싶을 정도였다.

'그런데 100마일은 어떻게 되는 거지?'

아까 최고 구속은 분명 99마일이었다.

지금은 8회고 체력이 떨어진 걸 감안한다면 100마일은 힘들지 않을까.

'처음으로 내기에서 이겨 보는 건가?'

지난번에 펍에서 천 달러 이상을 뜯긴 이후로도 몇 번의 내기에서 모두 져서 밥을 사야 했다.

그럴 때마다 몇 백 달러 수준으로 지출이 생겼다.

아무리 벌이가 좋은 메이저리거라고 해도 그런 지출이 계속 반복되니 조금은 껄끄러웠다.

그래도 오늘 처음으로 내기에서 승리해 본다는 생각에 조나단의 미소는 더욱 짙어졌다.

반대로 이상진은 마운드에서 숨을 고르고 있었다.

[투구 수가 90개를 넘어 페널티가 부과됩니다.]

체력의 소모량은 줄어들었어도 이 불쾌한 페널티는 아직도 존재했다.

그래도 상진은 눈앞에 있는 타자에게 집중했다.

'100마일은 정말 힘든 걸까.'

오늘 99마일짜리 포심 패스트볼을 두 번이나 던지긴 했다.

하지만 결국 159킬로미터라는 시스템상 한계를 뛰어넘어 보지는 못했다.

무엇보다 두려움이 있었다.

무리한다면 부상은 재발한다.

아무리 시스템의 도움으로 별다른 부상이나 문제없이 여기까지 올 수 있었다지만, 마음속 깊숙이 자리 잡고 있는 트라우마는 아직도 상진의 마음을 좀먹고 있었다.

"스트라이크!"

온 힘을 쥐어짜서 던진 공은 97마일을 기록했다.

떨어진 체력과 구속은 전력을 다해도 그 이상을 기록하지 못했다.

다시 한번 팔을 휘둘러 던진 공 역시 96마일이었다.

그때 조나단이 자리에서 일어나더니 타임을 요청했다.

"뭐야? 왜 왔어?"

"벤치에서 사인이 왔어. 네 상태를 점검해 보라는데?"

잠시 말을 끊은 조나단은 퉁명스럽게 내뱉었다.

"제정신이냐?"

"뭐가?"

"아까처럼 변화구 위주로 패턴을 바꿨으면 그대로 밀고 가. 괜히 100마일에 집착하지 말고. 왜 그러는지는 모르겠는데 내기 때문이라면 그만둬. 나는 너처럼 많이 얻어먹지도 않으니까."

상진은 입을 꾹 다물었다.

100마일에 집착하는 이유는 결국 한계를 넘어 보고 싶기 때문이었다.

영호는 시스템이 자신의 잠재력을 극한까지 일깨워 주는 거라고 말했다.

시스템이 규정한 이상진의 한계는 159킬로미터.

단 1킬로미터를 더 뛰어넘지 못하고 시스템의 범주 안에 갇혀 있는 것이 싫었다.

"이번이 너하고 합을 맞춘 네 번째 경기지?"

"그렇긴 하지."

"나에 대해서는 얼마나 알게 됐어?"

조나단은 피식 웃으면서 글러브로 상진의 어깨를 툭툭 쳤다.

"자존심만 드럽게 세고 입은 험한 데다가 승부욕은 누구보다 강하면서도 승부에 임하면 차갑고 냉정해지지. 너는 타고난 투수다."

"어쩐 일로 칭찬이야?"

"칭찬이 아니라 내가 알게 된 미스터 리, 상진이라는 한국인 투수가 그렇다는 거지."

상진은 고개를 끄덕이고 입을 다물었다.

그리고 잠시 생각을 정리하고는 조나단의 어깨를 슬쩍 밀쳤다.

"돌아가."

"아니, 괜찮냐고 물었잖아."

"괜찮으니까 돌아가."

이런 타이밍에 올라와서 짜증이 나긴 했어도 마음을 추스르는 데 도움은 됐다.

100마일에 집착하는 건 자신의 한계를 뛰어넘고 싶어서였다.

그래도 조나단의 말에 마음이 조금 풀어졌다.

자존심이 세고 승부욕은 강해서 경기에 나서면 차갑고 냉정해지는 투수.

그런데 지금 자신은 100마일을 던지고 싶어서 너무 머리에 열을 올렸다.

자신은 100마일을 던지기 위해 투수로 마운드에 서 있는 게 아니었다.

경기에서 승리하기 위해 서 있었다.

'괜히 집착할 필요는 없지.'

빠른 공을 던지고 싶은 욕망은 나중으로 미뤄도 된다.

마음을 곱게 접은 상진은 차분해진 마음으로 타석에 남아 있는 타자를 물끄러미 바라봤다.

조나단은 슬라이더에 바깥쪽 낮게 슬라이더를 던지라고 사인을 보내왔다.

"스트라이크! 아웃!"

이상진의 손에서 떠난 공은 예리한 각도로 꺾이며 타자의 배트를 피해 포수의 미트에 꽂혔다.

*　　　　　*　　　　　*

9회 말 2아웃.

조나단은 약간 욱신거리는 허리와 무릎의 통증을 느꼈다.

이건 부상이 아니라 오랫동안 쭈그려 앉아 있다 보니 느끼는 통증이었다.

'그나저나 오늘도 완봉이라니.'

한 경기 정도라면 우연이라고 치부했겠지만 2연속으로 완봉을 했단 사실은 놀라웠다.

게다가 투수 친화적인 내셔널스 파크는 그렇다 쳐도, 홈구장인 리글리 필드는 타자 친화적이었다.

툭하면 파크팩터가 110을 넘나드는 리글리 필드에서 완봉을 해냈단 건 대단한 사실이었다.

'이제 남은 건 하나뿐.'

9회 들어서 안타를 하나 맞긴 했어도 이어서 병살타로 잡아냈다.

남은 타자는 하나뿐이고, 5 대 0의 상황에서 역전될 가능성도 없었다.

이대로라면 무난하게 완봉승을 거둘 수 있다.

"스트라이크!"

투심 패스트볼이 92마일을 기록하며 미트에 꽂혔다.

1회와 비교해서 뒤떨어지지 않는 구위에 혀를 내두르면서 조나단은 다시 미트를 내밀었다.

그때 뭔가 기묘한 기분이 들었다.

투수와 포수는 말하지 않아도 통하는 게 있는 법이다.

예전부터 몇 번씩 느껴 봤던 감각이었고, 특히 서로 패턴이나 사고방식이 비슷한 이상진과는 눈빛만으로 의견을 교환할 수 있었다.

그래서 마운드 위에 서 있는 포식자의 분위기가 이상하다는 걸 바로 깨달았다.

'왜 저러지? 100마일에 대한 집착을 버린 게 아니었나?'

포수에게 있어서 자신에게 공을 던지는 투수의 컨디션은 중요했다.

그래서 잠깐 패스트볼 위주로 바뀌어 맞기 좋았던 패턴을 변화구 위주로 다시 돌린 건 좋은 성과였다.

그리고 아까 더그아웃에서 봤던 얼굴은 어딘가 후련한 듯해서 안심했었다.

'대체 뭐 때문에 저러지?'

상진의 생각은 조나단이 상상했던 것 이상으로 복잡했다.

100마일에 대한 집착을 버리긴 했어도 오늘 경기에 대해서는 생각할 게 많았다.

'메이저리거는 한국 야구 선수들과는 역시 달라.'

집중해서 던져도 맞는 경우가 있었다.

물론 대부분이 범타로 처리되어 아웃카운트를 늘리는 데 일조하긴 했다.

하지만 상진은 일단 배트에 맞았다는 것부터가 마음에 들지 않았다.

그렉 매덕스도 비슷한 말을 남겼다.

투수는 자신의 투구 외에 경기의 나머지 부분들을 어찌할 수 없다.

그 말에는 상진도 동감이었다.

하지만 땅볼이나 플라이로 유도해서 안타를 억제하는 건 얼마든지 할 수 있었다.

결국 피안타를 맞았다는 건 자신의 책임이었다.

'돌아가면 오늘 던진 영상을 복기해 봐야겠어.'

구속이라는 한계를 뛰어넘을 수 없다면 다른 부분에서 최선을 다해서 보다 완벽한 투수가 된다.

100마일에 대한 집착을 포기한 순간 얻은 깨달음이었다.

그렇게 상진은 마지막 사인에 따라 포심 패스트볼을 던졌다.

평소보다 경쾌한 동작.

그리고 평소 이상으로 손끝에 걸린 감각은 훨씬 좋았다.

"어?"

손끝의 감각에 집중하다 보니 팔을 조금 더 앞으로 끌고 나오며 릴리스 포인트를 약간 앞으로 가져갔다.

파아앙!

"스트라이크! 배터 아웃!"

화끈한 파열음과 함께 공이 포수의 미트에 꽂혔지만 이상진은 조나단을 바라보지 않았다.

승리의 기쁨에 벤치에서 뛰어나오는 동료들을 바라보지도 않았다.

이상진은 전광판을 뚫어져라 바라보고 있었다.

동시에 경악에 가득 찬 조나단의 목소리가 들려왔다.

"말도 안 돼!"

[100.1 MPH]

전혀 생각하지 못한 구속이 적혀 있었다.

동시에 시스템에 이상한 문구가 떠올랐다.

[ERROR: 한계 이상이 확인되었습니다.]

[ERROR: 한계 이상이 확인되었습니다.]

[ERROR: 한계 이상이 확인되었습니다.]

그리고 한동안 똑같은 메시지가 반복되더니 마지막에 다른 메시지가 하나 떠올랐다.

[WARNING: 시스템 사용자의 한계가 돌파되었습니다.]

         *   *   *

「이상진, 9이닝 2피안타 무실점 완봉 달성!」

「빠르게 시카고 컵스의 선발로 믿음을 주는 이상진」

「이상진이 뜬다! 시카고의 새로운 별로 우뚝!」

「여전한 온도 차, 아직은 물음표가 남아 있는 이상진」

"이건 사기야!"

조나단이 울부짖는 소리를 들으면서 상진은 시스템 창을 불렀다.

하지만 눈앞에 에러 메시지만 떠오를 뿐, 정확한 시스템 내역은 나오지 않았다.

'괜히 무리했다가 시스템 날려 먹은 거 아니야?'

속으로 조마조마한 마음이었다.

그동안 자신의 힘은 시스템으로 표시되어 왔다.

그런데 막상 시스템으로 표시되던 게 중단되자 마음속이 불안감으로 가득 채워졌다.

"어이! 리! 어디가?"

"좀 나갔다가 올게."

원정 숙소로 쓰는 호텔 밖으로 나가자 아직 여름이 되지 않아 따뜻하면서 약간 시원한 바람이 불어왔다.

바람을 쐬니 조금 기분이 나아지는 듯했지만 답답한 건 여전했다.

그리고 그걸 처리해 줄 사람이 나타났다.

"영호 형."

"아주 자아아아아알한다, 자슥아."

영호는 퉁명스러운 표정으로 이상진의 등을 철썩 때렸다.

그런 다음 손목을 붙잡고 상태를 살폈다.

시스템 메시지와 상태창을 살펴본 영호는 빙그레 웃었다.

"어쭈구리? 저승에서 시스템 사용자한테 뭔가 이상이 있다는 연락을 받아서 놀랐더니. 생각보다 잘하는데?"

"뭔데 그래요?"

"너, 시스템에서 정해 놓은 한계를 뛰어넘어 보려고 했지?"

영호는 직접 보지 않아도 무슨 짓을 했는지 바로 꿰뚫어 봤다.

하지만 책망하지는 않았다.

"재미있는 짓을 했네. 성장하지 않고 시스템에서 만들어진 수치를 뛰어넘으려 하다니. 그것도 페널티를 안고 있는 상황에서?"

여태까지 시스템을, 혹은 그에 준하는 기능을 손에 넣은 사람들 중에는 단 한 번도 이런 모습을 보이는 경우가 없었다.

다들 수치화되어 보이는 자신의 능력치를 키우는 데 급급했을 뿐이다.

"어떻습니까?"

"무언가를 얻으려면 무언가를 내다 버릴 각오쯤은 했어야 하지 않나?"

그 정도 각오도 없이 뭘 어떻게 해 보려는 거냐는 책망의 시선을 정면으로 받으면서 상진은 어깨를 으쓱거렸다.

"어느 정도 각오는 해 뒀습니다."

"그래? 그럼 어떤 결과를 들어도 납득할 수 있겠구나."

상진은 고개를 끄덕였다.

100마일을 찍었으니 마음은 후련했다.

하지만 이어진 영호의 말은 생각 이상으로 충격이었다.

"당분간 시스템은 쓰지 마라."

이상진은 오프라인에도 미쳤다

　황금 돼지를 먹고 얻은 시스템은 1년 넘게 이상진의 도움이
됐다.

　놀라울 정도의 성장을 이뤄 냈고 누구도 넘볼 수 없는 위업
을 달성하기도 했다.

　'당분간 시스템을 사용하지 마라.'

　그래서 영호의 선언은 청천벽력이었다.

　한 몸이나 다름없던 기능을 사용할 수 없게 되자 순식간에
불편함이 몰려왔다.

　"뭘 그렇게 시무룩하게 있냐? 이거나 먹어라."

　"먹을 수는 있는 겁니까?"

　"시스템을 사용할 수 없게 되니까 사람이 180도 달라지는구

나. 네 자신감은 시스템이 원천이었던 거냐?"

"그런 건 아닌데, 어딘가 비어 버린 것같이 공허한 기분이네요."

오늘 훈련을 하면서 기량 자체는 떨어지지 않은 걸 확인했다.

스피드건으로 찍히는 구속도 150킬로미터는 충분히 넘었고 구위도 여전했으며 변화구의 각도도 예리했다.

변한 건 아무것도 없었다.

다만 시스템 창으로 확인할 수 있던 걸 확인할 수 없게 변했을 뿐.

"이래서 든 자리는 몰라도 난 자리는 안다고 하지?"

"지금 웃을 일입니까?"

"그럼 웃지. 네 모습이 한심해서 웃지."

그 말대로였고, 지금 불안해하는 원인이 무엇인지도 알고 있었다.

부상 트라우마.

이미 부상 부위는 완벽하게 회복했고 기량은 초절정까지 올라왔다.

하지만 마음속 깊숙한 곳에 남아 있는 상처는 아직도 남아 있었다.

"너무 완벽한 남자는 매력이 없잖아요?"

"어쭈? 좀 완벽해 줘라. 제발 완벽해지면 안 되겠냐? 야구에서는 괜찮은데, 멘탈이 무슨 갈대밭의 갈대도 아니고 바람만

불어도 휘청휘청거리냐."

독설 같아 보였어도 걱정하는 게 느껴졌다.

그의 말을 들으면서 상진은 가볍게 웃으면서 영호가 내민 닭다리를 받아 들었다.

"형이 같이 있지 않았으면 어땠을까, 상상할 수도 없네요."

"시스템이 없어지는 건 상상해 봤고?"

"그거도 안 해 봤죠."

쓴웃음을 지으면서 상진은 시선을 피했다.

영호의 말대로 시스템창이 사라졌다고 해서 자신이 변하는 건 아니다.

불안감을 느낀다는 건 자신의 실력이 아니라 시스템을 믿고 있었다는 방증이다.

자기 자신에 대한 반성이 우선이었다.

"그래서 시스템이 복구되는 건 언제인가요?"

"한 일주일에서 10일쯤 걸릴 거다. 자동으로 복구되면 너한 테도 알람이 갈 테니 그걸 확인하면 되겠지."

"그래요? 그러면 딱 좋겠네요."

샌디에이고 파드리스와의 경기에서 시스템 없이 던져야 한다.

그렇다면 이번 경기를 오히려 반전의 계기로 삼을 필요가 있었다.

시스템 없이 하나의 완성된 자신을 향해서.

시스템에 의지하지 않고 경기를 이끌어 나가야 했다.

"오랜만에 약간 옛날로 돌아가 봐야겠어요."

*   *   *

「4경기 33이닝 1실점, 그는 정녕 괴물인가?」
「또다시 등장한 코리안 몬스터, 메이저리그를 평정하나」

이상진에 대한 기대감은 끝을 모르고 치솟았다.

특히 시카고 컵스의 팬들은 환호했다.

존 레스터나 호세 퀸타나와 같은 선발을 갖추고 있어도 임팩트 있는 선발은 없었다.

그들은 엊그제 맞붙었던 내셔널스의 슈어저나 뉴욕 메츠의 제이콥 디그롬 같은 선발을 원했다.

그런데 옵션만 주렁주렁 매달은 동양인 선발투수가 이 정도까지 해낼 줄은 몰랐다.

"미스티 리가 컵스의 에이스잖아!"

"디그롬이나 슈어저하고 비교해도 전혀 뒤떨어지지 않아!"

"오히려 그자들보다 더 좋은 성적이니까 당연한 거 아니겠어?"

현재 내셔널 리그와 아메리칸 리그를 통합해도 이상진이 평균 자책점 1위의 자리를 차지하고 있었다.

게다가 워싱턴 내셔널스와의 3연전이 문제였다.

첫 경기에서 이상진이 승리를 거두었음에도 다음에 이어진 경기에서 2연패했다.

아무리 맥스 슈어저가 등판했다고 해도 워싱턴에게 2패 당한 건 생각 이상의 충격이었다.

올해 다시 지구 우승과 월드시리즈 진출을 목표로 삼은 컵스에게 2연패는 뼈아팠다.

"이대로 가면 와일드카드를 노려야 할지도 모릅니다."

"벌써부터 그런 약한 소리를 하는 겁니까?"

이제 시즌 20경기를 갓 넘겼다.

엡스타인 사장은 아직도 140경기 이상 남아 있는데, 우승이 아니라 와일드카드를 노린다는 말이 마음에 들지 않았다.

가볍게 코칭스태프와 관계자들을 질타한 그는 한숨을 쉬었다.

"사치세 때문에 말이 많은 건 나도 알고 있고 다들 그것 때문에 신경이 곤두서 있다는 사실도 알고 있습니다."

이 모든 건 사치세 때문이었다.

올해 사치세를 줄여 보려고 했지만, 결국은 디폴트 금액을 돌파했다.

기왕 사치세를 내게 됐으니 최소한 지구 우승과 월드시리즈 진출을 노려야 했다.

"투수진의 상태는 어떻습니까?"

"선발, 불펜 전부 양호합니다. 문제없고 별다른 부상이 있는 선수도 없습니다."

"타자들은?"

"타자들도 괜찮습니다. 조나단의 상태를 염려했었는데 경기를 치르면서 점점 적응해 가고 있습니다."

엡스타인 사장은 괜히 말을 늘리는 걸 싫어했다.

게다가 오랜만에 사장단이 직접 주관하는 회의라 그런지 진행은 신속했다.

다음으로 나온 게 이상진에 대한 이야기였다.

"이상진에 대한 트레이드 문의가 폭주 중입니다."

한국에서도 성적을 내기 시작했을 때 트레이드 문의가 있었다.

하지만 트레이드가 일상이나 다름없는 메이저리그에서는 더욱 심각했다.

"일단 계약을 맺으려고 했던 LA 다저스에서 가장 적극적입니다."

"그놈들은 미쳤나?"

다저스와 미네소타, 보스턴의 삼각 트레이드가 2월에 벌어졌다.

그 결과 LA 다저스는 리그 최고의 외야수 중 하나인 무키 베츠와 올스타 좌완 선발인 데이비드 프라이스를 손에 넣었다.

안 그래도 작년에 106승이라는 엄청난 승수를 거둔 다저스가 베츠를 영입한 것은 엄청난 일이었다.

"2018년 아메리칸 리그 MVP에 뽑혔던 베츠를 얻은 걸로도 성에 안 차는 걸까?"

베츠는 지난해에도 150경기에서 타율 0.295, 29홈런, 80타점, 16도루를 기록했고 수비 실력도 정상급이었다.

게다가 프라이스는 전성기 성적을 내지는 못하고 있으나 통산 150승이라는 화려한 경력을 지니고 있다.

"작년에 월드시리즈는커녕 포스트 시즌에서 광속으로 탈락해서 그런 것 같습니다."

"그런데도 이상진을 노린다고? 그럴 거였으면 유형진을 잡든가."

"어찌 됐든 그들은 이상진의 트레이드를 요청해 왔습니다."

"선수 본인의 의사는?"

호이어 단장은 고개를 가로저었다.

"거부랍니다."

거기에 데이비드 로스 감독이 한마디 덧붙이며 웃었다.

"자신은 컵스에서 우승을 하고 싶다더군요."

"벌써 팀에 애정을 갖기 시작한 건가?"

"그것까진 모르겠지만 미스터 리는 팀을 옮길 생각이 없습니다."

하지만 구단의 다른 관계자들의 생각은 조금 달랐다.

"아직 옵션이 제대로 발동되기 전에 보내는 게 낫지 않겠습니까?"

이상진의 모든 옵션은 보장된 선발 5경기가 끝난 이후부터 시작이다.

그때까지는 트레이드 거부권은 물론 마이너리그 거부권도 발동하지 않는다.

하지만 선발 5경기를 보장해 주지 않을 경우 생기는 위약금도 문제였다.

지금 이상진이 기왕에 좋은 기량을 보여 주고 있으니 트레이드로 보낼 수도 있고 그렇게 하면 위약금도 물지 않을 수 있다.

"저는 반대합니다. 이상진은 확실한 선발 카드입니다. 4경기 동안 고작 1실점에 불펜의 부하마저 줄여 주고 있습니다."

"그 활약이 시즌 끝까지 유지된다고 장담할 수 있습니까?"

사장단으로 참가한 직원 하나가 미심쩍은 얼굴로 되물었다.

"메이저리그에 처음 참가한 선수들은 처음에 반짝하다가 무너지는 경우가 많습니다. 그들 중에 적응하고 생존하는 선수는 극소수죠. 사장님이나 단장님, 감독님이 미스터 리를 높이 평가하는 건 알겠지만 과연 그럴까요?"

"장담합니다."

데이비드 로스 감독은 직원의 질문에 바로 대답했다.

"올해뿐만이 아니라 내년 계약이 끝나더라도 미스터 리, 이상진은 재계약해야 합니다. 다른 리그에서 왔기 때문에 저평가를 받았을 뿐, 그는 특급 선수이며 그만한 대우를 받을 자격이 있다고 봅니다."

순식간에 감독의 반격을 받은 직원의 얼굴은 새빨갛게 달아올랐다.

설마하니 이렇게 바로 단언할 거라고는 생각하지 못했다는 표정이었다.

그가 흥분한 얼굴로 다시 반박하려는 순간, 엡스타인 사장이 끼어들었다.

"자네는 바보인가?"

"예?"

"다른 구단에서 왜 미스터 리에게 눈독을 들이는지 생각해 보지 않는 거냔 말이네. 지금 몇 개 구단이 군침을 흘리는지 아나?"

LA 다저스에 보스턴 레드삭스, 뉴욕 양키스, 게다가 휴스턴까지 트레이드 조건을 맞춰 보려고 연락을 해 왔다.

직접 연락을 해 온 구단만 그 정도인데 군침을 흘리며 기회를 엿보고 있을 구단은 몇이나 더 있을까.

"그, 그건……."

"그만한 가치가 있으니까 군침을 흘리는 게 아니겠나?"

엡스타인 사장은 올해 또다시 우승을 노려볼 생각이었다.

유망주를 영입하고 강제로 탱킹하면서 미래를 노릴 생각은 없었다.

"이미 4경기를 보여 줬는데도 의심하는 건 대체 어떤 안목을 갖고 있는지 모를 일이군. 설마하니 올해 중반이나 늦어도 내년쯤 되면 그의 성적이 추락할 것 같나? 그는 에이스급 투수고, 그걸 증명했어."

세인트루이스 카디널스와 워싱턴 내셔널스와의 경기에서 이미 이상진은 자신의 가치를 증명했다.

그럼에도 색안경을 끼고 그를 대하는 작자들에 대한 감정은 좋지 않았다.

"지금부터 이상진의 트레이드에 대한 이야기를 꺼낸다면 그 작자는 해고를 각오해 두는 게 좋을 거야."

*   *   *

"대체 어떻게 100마일을 찍었냐고! 장난하냐! 저놈 처먹는 걸 보다 보면 체할 거 같아!"

이번에도 심각할 정도로 털린 조나단의 절규에 선수들은 전부 웃음을 터뜨렸다.

하지만 그들의 웃음은 결코 가볍지 않았다.

워싱턴 내셔널스에게 1승 3패로 열세에 놓인 전적은 가볍게 식사를 하는 자리에서도 그들의 마음을 무겁게 짓누르고 있었다.

아직 지구 선두 자리를 유지하고 있지만 고작 22경기 치렀을 뿐이다.

언제 어떻게 역전될지 몰랐다.

"자자, 다들 쉬는 날인데도 그렇게 얼굴 구겨서 뭘 할 거야? 일단은 먹자고."

낮에 가볍게 훈련을 하긴 했어도 역시 휴식일에는 휴식하는 게 최고였다.

다 함께 저녁 식사를 하는 가운데 바깥에 나갔던 조나단이 얼굴을 구기면서 들어왔다.

"이런 젠장. 내가 살다 살다가 별 개같은 소리를 다 듣네."

"무슨 소리를 들었길래 그래?"

존 레스터가 궁금하다는 듯 묻자 조나단의 얼굴이 더욱 굳어졌다.

"미스터 리가 트레이드 될지도 모른다잖아. 어이! 리! 너도 이야기 들었냐? 젠장! 말이 되는 소리를 해야지!"

그 말에 동료들은 물론 밥을 먹던 상진까지 일제히 웃음을 터뜨렸다.

갑자기 웃는 시카고 컵스의 동료들에 조나단은 어리둥절한 표정을 지었다.

"뭐야? 왜 웃어?"

"아니. 너는 소식이 참 늦는다 싶어서 그랬다."

"소식이 늦어? 설마 나 말고 다 알고 있던 거야?"

자신이 가장 늦게 알았다는 사실을 깨달은 조나단은 창피함에 얼굴이 새빨개졌다.

미리 알려 주지 않은 동료들에게 난리를 치는 모습을 보던 상진은 옆에 있는 영호를 돌아봤다.

남들 눈에 보이지 않게 영체로 변해 따라온 영호의 표정은 똥 씹은 얼굴이었다.

"그런데 형은 왜 그런 표정을 짓고 있는 거예요?"

"나도 나쁜 소식이 있거든. 젠장."

"무슨 소식인데요?"

영호는 투덜거리며 맥주를 입안에 털어 넣었다.

상진은 대체 무슨 소식이길래 영호가 이런 표정을 짓나 싶었다.

하지만 그 소식이 무엇인지 들은 상진 역시 맥주를 벌컥벌컥 들이켰다.

오늘 자기 자신에게 허락한 단 한 잔의 맥주였지만, 생각보다 썼다.

"젠장. 제가 잘못 들은 건 아니죠?"

"잘못 들은 게 아니지. 그게 사실인 게 저주스럽다고."

영호는 오랜만에 무시무시한 표정을 지으며 확실하게 못 박았다.

"저승사자들이 단체로 야구 관람을 하러 오는 게 말이나 되냐고!"

*　　　　　*　　　　　*

메이저리그 팬들에게 토론의 여지조차 없는 몇몇 이야기가 있다.

그렉 매덕스의 15승이나 트라웃의 30홈런, 그리고 바로 샌디에이고 파드리스가 약팀이라는 사실이다.

메이저리그에서도 통산 승률로 꼴찌를 달리고 있으며 2019년 시즌에도 지구에서 최하위였다.

1969년에 창단하고도 지구 우승은 다섯 번밖에 못 해 봤다.

그나마 월드시리즈에 두 번 나가 봤다는 게 위안이긴 했어도 우승은 해 본 적이 없었다.

"노히트노런을 한 번도 기록한 적이 없다는 건 둘째 치더라도 이 구단에 친 홈런이 200개를 넘는 선수가 없다는 게 웃긴 일이지."

"그만큼 펫코 파크가 투수 친화적이니까요."

SDCCU 스타디움 시절부터 시작해서 2004년에 개장한 펫코 파크까지.

해발 고도의 문제는 물론 소금기를 머금은 찐득찐득한 바닷바람 때문에 샌디에이고의 홈구장은 타자들의 스탯을 깎아먹는 지옥이라고 불렸다.

하지만 약팀이라고 무조건 단점만 있는 건 아니었다.

그들도 엄연히 메이저리그의 구단이다.

"샌디에이고는 그래도 불펜 투수들을 잘 육성하기로 유명하기도 하잖아요."

"그거랑 별개로 트레이드에 관해서는 메이저리그 최고의 무능력 구단이기도 하지."

상진의 매니저와 에이전트로 일하는 영호는 코웃음을 쳤다.

이제 막 활동하기 시작한 초보 에이전트의 시각으로 봐도 샌디에이고의 트레이드 능력은 최악이었다.

2014년 트레이드는 폭망이라고 해도 과언이 아닐 정도의 결과였다.

지금의 샌디에이고는 그때의 여파를 회복하는 중임에도 불구하고 지구 최하위는 확정적일 만큼 약팀이었다.

그나마 지금은 좀 나아졌다고 해도 오십보백보였다.

"흐아아아아아아암."

상진은 집중해서 보고 있던 데이터를 툭 내던지며 하품을 했다.

투수 친화적인 펫코 파크에 가서 던진다면 모르겠지만, 이번에는 컵스의 홈경기였다.

익숙해진 경기장에서 치르는 경기인 만큼 딱히 신경 쓸 부분은 없었다.

"흐아아암, 딱히 데이터를 봐도 뭔가 경계할 만한 건 없네요."

"경계해야 하는 건 네 멘탈이 아닐까?"

비웃는 듯한 영호의 말에 상진은 발끈했다.

"내가 무슨 어린앱니까? 고작 시스템 하나 제대로 안 보인다고 계속 징징거리게?"

지난 며칠 동안 이상진의 멘탈은 정상적으로 돌아왔다.

시스템이 보이지 않는다고 해서 자신의 기량이 떨어진 건 아니다.

그렇다고 부상이 재발한 것도 아니었다.

그저 메이저리그급의 투수가 되는 과정에 도움이 되었던 무언가가 사라졌을 뿐이다.

영호는 기지개를 켜며 재미없다는 표정을 지었다.

"한 몇 주 동안은 징징거릴 줄 알았지."

그래도 정신적인 면에서 시스템에 의존하지 않는 건 칭찬해 줄 만했다.

게다가 이미 잊어버린 듯했다.

상진은 손을 내저으면서 다른 이야기로 화제를 돌렸다.

"그런데 구단에서는 트레이드에 대해서는 이야기가 계속 나온대요?"

"이제 끝났어. 엡스타인 사장하고 직접 연락해서 확인도 했어. 앞으로 컵스 내부에서 네 트레이드에 대해 논의할 일은 없을 거라네."

"그거 다행이네요."

한국에서도 이런 일이 있었지만 설마하니 메이저에서도 이럴까 싶었다.

하지만 예상은 여지없이 들어맞았다.

좀 씁쓸하기도 했지만 은근히 재미있기도 했다.

안에서 보는 것보다 밖에서 보는 것이 훨씬 정확할 때가 있다.

아군으로 있는 이상진의 가치는 적으로 상대하거나 상대할 예정인 팀들에게는 더욱 매력적으로 보였으리라.

"다른 팀들이 네 가치를 알아보고 군침을 줄줄 흘리는데도 정신을 못 차리는 놈들은 좀 맞아야지."

"엡스타인 사장이 줄빠따라도 친대요?"

"그런 말이 나오면 줄 세워서 엎드려뻗쳐 시키는 것보다 더한 걸 하겠지. 그 사람, 생각보다 독종이야."

"메이저리그 구단의 사장은 아무나 하는 게 아니니까요."

그렇게 만만한 사람이었다면 성적과 이득을 칼같이 재는 미국 사회에서 사장 자리까지 올라가지 못했을 것이다.

상진은 샌디에이고의 자료를 들여다보다 놓았다를 반복하면서 작게 한숨을 쉬었다.

"볼 게 없네요."

"너무 만만해서?"

"그런 건 아니에요. 메이저리그에서 만만하지 않은 팀은 없어요. 다만 제가 생각했던 거에 비해서 너무하다고 생각되네요."

샌디에이고는 24경기 동안 8승 16패라는 경악할 정도의 기록으로 하향세를 겪고 있었다.

타선은 침체되었고 선발진은 붕괴 직전이었다.

작년 시즌 초반에 지구 1위를 달리며 선전했던 것과 전혀 달랐다.

그나마 거둔 8승도 작년에 영입한 매니 마차도가 홈런포를 가동하며 간신히 거둔 승리였다.

"매니 마차도가 관건이겠네."

"어떻게 보면 토니 스미스보다 더 까다로울지도 모르는 선수니까요."

"10년 3억 달러라는 초대형 계약은 아무나 맺을 수 없긴 하지."

이상진은 입꼬리를 끌어올리며 자신만만하게 웃었다.

8승을 거두는 동안 마차도는 최소 멀티 히트, 혹은 홈런을 때려 냈다.

작년의 부진했던 모습은 온데간데없이 사라졌고, 그는 팀을 이끄는 중심 타자로서의 위압감을 유감없이 드러내고 있었다.

결국 그를 억누르느냐 억누르지 못하냐가 관건인 경기였다.

"그런데 100마일은 또 던질 수 있을 것 같냐?"

*   *   *

지난번보다 훨씬 강렬했다.

시카고 컵스의 팬들은 그만큼 열정적이고 팀을 사랑했다.

그리고 성적을 내며 팀을 이끄는 선수를 향해 애정을 퍼부었다.

"상진 리! 상진 리! 상진 리!"

"미스터 리! 우리의 미스터리한 미스터 리!"

주차장에서 경기장 안으로 들어가는 길에도 수많은 팬이 상진의 이름을 연호했다.

장비 가방을 들어 주며 옆에서 함께 걷던 영호는 피식 웃었다.

"미스터리한 미스터 리. 라임 죽이는데?"

"컵스 팬들은 센스도 죽이네요."

다만 아직 이적한 지 얼마 되지 않아서 자신의 응원가가 확정되지 않은 게 조금 아쉬웠다.

한국에서 반짝했던 것도 1년이었고 등판할 때 울려 퍼지는 응원가도 네 번이나 바뀌었었다.

그때를 생각하면 지금의 반응들은 이상진의 심장을 두근거리게 만들었다.

"사실 마차도 하고도 한 번쯤 마주해 보고 싶었어요."

"타자들 도장 깨기라도 하게?"

"당연하죠. 메이저리그에서 이름난 선수들은 전부 마주해서 삼진을 잡아 보고 싶었죠. 그게 예전부터 품고 있었던, 소소하면서도 꽤 큰 꿈이었어요."

메이저리그의 투수들과 기량을 견주어 보고 메이저리그의 타자들과 승부를 벌인다.

하지만 상진은 승부를 즐기는 것보다 그들에게서 승리를 쟁취하고 싶었다.

"그래서 이번 목표는 매니 마차도, 그거지."

"하나하나 잡다 보면 언젠가는 다 쓰러뜨리겠죠."

"토니 스미스는?"

오랜만에 듣는 이름에 상진은 얼굴을 구겼다.

그 얼굴을 본 영호는 웃음을 터뜨렸다.

그는 사신의 가호를 받는다는 그놈을 떠올릴 때마다 상진의 표정이 괴상해지는 걸 보며 즐겼다.

"카디널스하고 다음 경기가 6월에 있다는 게 참 한탄스럽네요."

그래서 지난번에 확실하게 눌러놓으려고 했던 것이다.

시스템을 가지고 있는 만큼 얼마나 성장할지 감조차 잡히지 않았다.

"그리고 지금은 생각하지 않을래요. 눈앞에 있는 상대를 의식하는 것만으로도 벅차거든요."

"그렇게 생각하는 것하곤 다르게 여유만만이면서."

영호에게 장비 가방을 받아 들면서 상진은 씩 웃었다.

상진에게 가방을 넘겨준 영호는 바로 관중석으로 옮겨 갔다.

1루와 외야 사이의 애매한 좌석에 앉아 있는 동료들을 찾는데 그리 오래 걸리진 않았다.

흑월 사자는 언제나 늙수그레한 얼굴에 위엄이 가득했다.

"늦었구나."

"매일 매니저 일 하느라 바빠 죽겠습니다. 차라리 저승사자 짓을 해먹죠."

"그걸 어쩌겠냐. 이게 다 벌인 것을."

바로 이상진의 매니저로 활동하는 게 저승사자 영호에게 내려진 벌이었다.

흑월 사자는 영호의 얼굴을 찬찬히 뜯어보더니 들고 있던 핫도그를 입에 넣었다.

"재미없는 얼굴이구나."

"예?"

"벌을 받으면 좀 괴로워하는 표정이어야 하는데 너무 즐기고 있어. 얼른 저승사자로 복귀시키든가 해야지."

그는 보자마자 한눈에 영호의 상태를 알아챘다.

이상진의 매니저 일을 하는 걸 너무 즐거워하는 영호에게 있어서 이건 벌이 아니었다.

"벌이 안 될 거라고 예상하시지 않으셨습니까?"

"그거야 그렇긴 했지. 하지만 작년에 그토록 싫어하던 놈이 어느새 야구에 푹 빠져 버린 걸 보니 웃기더구나."

"그렇게까지 빠지진 않았습니다."

"정기 보고서에 그렇게 야구 용어를 써놓고도 발뺌을 하니 귀엽지도 않다."

흑월 사자는 기가 막히다는 듯 웃었다.

얼마 전 저승에 날아온 영호의 보고서에는 메이저리그의 야구 수준과 이상진의 발전에 대해서 자세히 적혀 있었다.

작년 초의 보고서에서 초보적인 야구 용어조차 헷갈렸던 모습과 정반대였다.

"시스템은 정지됐다고?"

"무리해서 한계를 돌파해 보려고 한 모양입니다."

"쯧쯧. 주어진 것에 만족하지 못하고."

"하지만 여태까지 사례가 없던 일 아닙니까? 관찰할 필요성은 있어 보입니다."

오늘 저승사자들이 달려온 것도 그것과 관계가 있었다.

시스템이 정지된 사람이 과연 시스템이 없을 때 어떤 모습을 보여 줄 것인가.

그리고 어떻게 정지된 건지, 직접 살펴보기 위해서이기도 했다.

"이제 경기를 시작하려나 봅니다."

마운드에 올라오는 이상진을 보며 다들 자리에 앉았다.

그 와중에 흑월 사자는 손에 묻은 핫도그 소스를 빨아 먹으며 투덜거렸다.

"여기 핫도그는 좀 짜네."

*   *   *

저승사자들이 찾아왔다는 이야기는 이미 잊어버린 지 오래였다.

상진의 머릿속에는 오로지 샌디에이고 파드리스의 타자들에 대한 데이터만이 가득했다.

그래도 한구석으로는 조금 어색한 건 어쩔 수 없었다.

"포인트 표시도 없고 스탯 표시도 없고. 참 난감하네."

될 수 있다면 코인을 전부 사용하고 난 후에 해 줬으면 하는 바람이었다.

하지만 더 큰 문제는 스킬의 발동 여부였다.

선발로 등판할 때 자동으로 사용되는 〈일찍 일어나는 새가 먹이도 많이 잡는다〉나 승부를 보다 확실하게 결정지을 수 있는 〈먹을 때는 개도 안 건드린다〉를 발동할 수 없었다.

'어떻게 갈래? 포심? 변화구?'

조나단으로부터 사인을 받은 상진은 다시 사인을 보내며 구종을 결정했다.

가볍게 던진 공은 땅으로 처박힐 듯 아래로 떨어졌다.

"볼!"

체인지업에 속지 않은 그렉 가르시아의 선구안에 감탄하며 상진은 다시 공을 그러쥐었다.

종으로 떨어지는 변화구에 잘 속지 않는다는 건 알고 있었다.

그래서 시험해 봤는데, 존에서 벗어난다는 걸 간파하고 스윙을 참았다.

'그래도 상대가 된다는 건 아니지.'

메이저리그에서 이제 세 달, 스프링 트레이닝 기간을 제외해도 이제 한 달을 조금 넘겼다.

4경기 4승을 거두며 그 시간 동안 적응할 만큼 적응했다.

"스트라이크!"

"스트라이크! 아우웃!"

98마일을 기록한 포심 패스트볼에 이어 89마일의 커브가 타자의 타이밍을 완벽하게 빼앗았다.

2번으로 올라온 윌 마이어스도 별반 다르지 않았다.

연속으로 던진 공에 헛스윙을 연발하는 그를 보며 미소 지은 상진은 투심 패스트볼의 그립을 쥐고 손가락에 힘을 주었다.

상진의 손을 떠난 공은 타자의 스윙을 아슬아슬하게 피해내며 조나단의 미트에 파고들었다.

늘 그렇듯 이상진이 던지는 투심의 궤적은 웬만한 타자가 치기에는 너무 더러웠다.

"스트라이크! 아우웃!"

이것으로 삼진은 두 개째 잡아냈다.

하지만 다음 타자에게 맞는다면 이런 건 의미가 없다.

상진은 이어서 타석에 올라오는 타자에게서 느껴지는 묵직한 포스에 눈을 동그랗게 뜨며 감탄했다.

"초반부터 기세등등하네?"

음악과 함께 3번 타자 매니 마차도가 타석에 등장했다.

*　　　*　　　*

매니 마차도가 샌디에이고와 10년 3억 달러라는 거액의 계약을 체결한 건 아직도 미스터리한 일로 남아 있었다.

샌디에이고로 옮기기 싫어하는 눈치이기도 했지만 경쟁하는 팀의 이름값도 한몫했다.

하지만 그는 유력했던 시카고 화이트삭스, 뉴욕 양키스, 필라델피아 필리스를 제치고 샌디에이고와 계약을 했다.

"한국에서도 그랬지만 너는 고액 선수들한테 눈엣가시야. 왜 그런지는 알지?"

당연히 알고 있었다.

상진은 보장 금액을 높여서 받아놓고 먹튀 소리를 듣는 것보다 훨씬 낫다고 생각했다.

그래서 성적으로 돈을 받아 내는 자신의 방식은 과도할 정도의 옵션을 걸고 구단과 벌이는 줄다리기였다.

그러나 다른 선수들에게는 전혀 달랐다.

"너는 이단자야. 이뤄 놓은 성적으로 대접을 받는 게 아니라 이룰 성적으로 대가를 크게 걸어 놓는, 어떻게 보면 팬들이 좋아할 만한 타입이지."

그래서 이상진은 팬들의 사랑을 받았다.

팬들은 돈값을 하고 팀의 성적에 도움이 되는 선수를 좋아하지, 고액 계약을 맺어 놓고 먹튀 짓을 하는 선수를 좋아하지는 않는다.

하지만 이상진은 거액의 계약을 맺어 놓고 자신이 거둔 성적만큼의 금액을 가져간다.

"아마 먹튀 소리를 듣는 선수들한테 너는 제거해야 할 악의 무리처럼 보이겠지."

매니 마차도는 작년에 심각할 정도의 부진을 겪었다.

OPS가 8할을 넘지 못했고 그나마 32홈런으로 체면치레했을 뿐이었다.

"마차도가 저를 신경이나 쓸까요?"

이미 메이저리그에서 거물인 타자였다.

올해 갓 진출한 선수가 눈에 찰까 싶었다.

그런데 영호는 싱글벙글 웃으면서 의미심장한 말을 남겼다.

"직접 만나 보면 그런 생각이 들까?"

＊　　　　　＊　　　　　＊

직접 마주한 마차도의 눈에서 뿜어져 나오는 눈빛은 무시무시했다.

자신을 씹어 먹기라도 할 듯한 눈빛에 상진은 쓴웃음을 지었다.

'영호 형 말대로네. 나를 의식하고 있어.'

이게 지난번에 말한 옵션 계약 때문인지, 아니면 근래 0점대 방어율을 이어 나가며 승승장구하는 성적 때문인지는 알 수 없었다.

분명한 건 자신을 무척이나 의식하고 적대적으로 나왔다는 것.

조나단은 이상진과 잠시 사인을 교환하더니 옆에 있던 마차도에게 도발적인 말을 건넸다.

"헤이. 오늘은 뒤통수치지 않을 거지?"

힐끗 바라본 마차도의 표정은 한껏 일그러져 있었다.

2014년 오클랜드와의 경기 당시 헛스윙한 그의 배트는 포수인 데렉 노리스의 마스크를 강타했다.

그것도 1회와 6회에 두 번이나 일어나고 보복구까지 날아와 결국 벤치 클리어링까지 발생했었다.

거의 잊었던 일인데 그걸 떠올리게 만든 조나단이 곱게 보일 리 없었다.

"왜? 네 뒤통수도 까 줄까?"

"그런 말을 대놓고 해도 돼? 뒤에 있는 심판은 호구로 보이나 봐?"

마차도는 심판에게 들으라는 식으로 말하면서 이죽거리는 조나단의 뒤통수를 까고 싶었다.

예전부터 포수들이 자신의 욱하는 성질을 자극하며 멘탈을 흔들어 놓기 일쑤였다.

무시하고 넘어가려는 그를 향해 조나단은 다시 말을 툭 내뱉었다.

"오늘은 스트라이크를 볼이라고 안 할 거지?"

고개를 홱 돌려 조나단을 노려보는 마차도의 눈빛은 이글이글 불타고 있었다.

그는 처음부터 이상진에 대해 좋지 않은 감정이 있었다.

천만 달러 이상의 옵션을 걸고 등장한 신인 투수가 좋은 성적을 거두며 승승장구하자 그와 비교하며 작년의 부진을 걸고 넘어지는 사람들이 더욱 늘어났다.

마차도의 입장에서 성적 나오는 대로 받겠다는 선수를 이해할 수 없었다.

본때를 보여 주겠다며 벼르면서 타석에 섰는데, 이제는 포수가 속을 슬슬 긁어 대니 미칠 것 같았다.

"좀 닥치지? 야구를 입으로 하냐?"

"어이쿠. 무서워라. 배트로 맞을까 봐 무서워서 조용히 해야지, 이거 원."

마차도는 일부러 엄살을 떠는 조나단을 매섭게 노려보고 다시 투수에게로 시선을 돌렸다.

조나단은 그런 마차도를 보며 미소를 지었다.

예전부터 멘탈이 약하고 어린애 같기로 유명한 마차도였다.

이 정도로 초반에 털어 줘서 흥분한다면 승부를 유리하게 이끌어갈 수 있었다.

'하여튼 입담 하나만큼은 누구라도 열받게 만들 수 있단 말이야.'

타자를 도발하는 조나단의 모습에 상진도 미소를 지었다.

한국에서는 리그가 좀 작고 서로 팀이나 고등학교 선후배 관계로 엮여 있어서 이렇게 함부로 말할 수가 없었다.

하지만 메이저리그는 온갖 국적과 인종의 스타플레이어들이 뭉치는 곳.

트래쉬 토크도 상상 이상의 수위까지 올라간다.

'초구는 일단 탐색해 볼까.'

초구로 상진이 던진 공은 스트라이크존 바깥쪽에 낮게 깔렸다.

마차도는 그 공에 움찔하면서 놀라긴 했어도 배트를 내지 않았다.

이상진의 초구 스트라이크 비율은 60퍼가 넘어간다.

그래도 마차도는 데이터보다 자신의 감을 믿었다.

"볼!"

초구만으로도 알 수 있었다.

전혀 만만치 않음을 직감한 상진은 호흡을 가다듬으며 2구를 준비했다.

'바깥쪽, 슬라이더.'

조나단의 사인에 이견은 없었다.

이번에는 존 안에 아슬아슬하게 걸치는 공이었다.

하지만 이번에도 마차도는 배트를 내지 않았다.

"스트라이크!"

원 볼 원 스트라이크 상황에서 상진은 머릿속이 복잡해졌다.

이대로 바깥쪽을 공략할 것인가, 아니면 몸 쪽을 한번 찔러 넣어 봐야 하나.

잠시 고민하던 상진은 바로 결정했다.

삼진을 잡는 방식은 여러 가지가 있지만 타자가 가장 골치 아파 하는 방법은 바로 몸 쪽 깊숙하게 붙이는 투구였다.

살짝 역회전을 먹은 공이 스트라이크존으로 들어오다가 마차도의 몸 쪽으로 확 뒤틀려 들어왔다.

그런데 마차도는 이걸 예상하기라도 했다는 듯 배트를 힘차게 휘둘렀다.

"파울!"

"와우!"

3루 라인 밖 관중석까지 날아가는 공을 바라보며 어깨를 으쓱거렸다.

'제대로 들어갔다고 생각했는데 오히려 이쪽의 생각을 읽었던 걸까.'

이쯤 되면 〈먹을 때는 개도 안 건드린다〉 스킬이 그리워졌다.

그만큼 매니 마차도는 어느 코스를 던져도 다 쳐 낼 것 같은 기분이었다.

'정신 차리자. 지금은 시스템을 생각할 때가 아니야.'

시스템에 대한 생각을 다시 머릿속에서 지우며 상진은 다음 공을 골랐다.

마차도는 아까 바깥쪽 낮게 들어갔던 공 두 개는 손도 대지 않았다.

그렇다면 이번에도 바깥쪽으로 던져 볼 차례였다.

4구는 사이드암으로 던졌다.

낮게 날아가다가 떠오르듯 솟구치는 포심 패스트볼은 바깥쪽 높은 곳에 꽂혔다.

그런데 이번에도 마차도는 손을 대지 않았다.

"볼!"

역시 공 하나하나를 허투루 던질 수는 없었다.

귀신같은 선구안으로 볼을 걸러 내는 걸 보면 혀를 내두를 수밖에 없었다.

그래도 상진은 문득 지난번에 대결한 토니 스미스가 떠올랐다.

'그놈에 비하면 이 정도는 식은 죽 먹기지.'

자신이 공을 던지면 스트라이크와 볼을 가리지 않고 죽어라 커트해 내던 그놈보다야 마차도 쪽이 백배 나았다.

그래도 이쪽은 적어도 커트하기보다는 볼을 걸러 내면서 어떻게든 승부를 보려고 했으니까.

"볼!"

존 안으로 들어오던 공이 밖으로 휘어져 나가자 그 짧은 틈에 스트라이크와 볼의 차이를 깨닫고 마차도의 배트가 멈춰섰다.

역시 기량만큼은 메이저리그 최정상급의 선수다웠다.

따악!

높이 치솟은 공은 외야로 향해 날아갔다.

파울이 아닌 걸 확인한 상진은 당황한 얼굴로 궤적을 따라 시선을 움직였다.

다행스럽게도 중견수 제이슨 헤이워드가 그 공을 낚아채며 아웃카운트를 늘렸다.

"아웃!"

"얼굴이 왜 그렇게 질려 있어? 자자! 이제 1회 끝났다고!"

*　　　　*　　　　*

시스템이 없는 건 분명 불편했다.

스킬도 사용할 수 없었고, 체력 상황도 확인할 수 없었다.

그래도 이상진은 야구선수다.

"스트라이크! 아웃!"

―오늘도 10개째 삼진을 잡아내는 미스터 리! 정말 미스터리 한 탈삼진 능력입니다!

―시카고 컵스의 감독 데이비드 로스의 얼굴이 무척이나 환합니다! 누가 알았을까요? 시즌 초 의문점으로만 가득하던 한

국인 투수가 내셔널 리그를 폭격 중입니다!

─7이닝째 무실점을 기록하며 10개의 탈삼진을 거둔 미스터리! 8회에도 등판합니다!

아나운서와 해설자는 신나게 떠들어 댔다.

컵스 경기의 시청률이 원래 높기는 했지만, 오늘만큼은 아니었다.

심지어 지난번 카디널스와의 라이벌전 때도 이 정도의 시청률을 기록하지는 못했다.

오늘 방송의 흥행은 전부 이상진 덕분이었다.

"훌륭하군. 전혀 흔들림이 없어."

"동감입니다. 시스템을 상실한 인간치고 동요하지 않는 자가 없었는데, 저자만큼은 격이 다르군요."

저승사자들은 7회까지 전혀 흔들림 없이 완벽한 경기 운영을 보여 주는 상진의 활약에 감탄했다.

흑월 사자도 그 의견에 동감하는 표정을 지으며 고개를 끄덕였다.

숱한 세월 동안 이능의 영역에 달하는 능력을 얻은 인간은 수없이 많았다.

그리고 어떤 계기를 통해 능력을 잃어버린 자들이 걷는 말로는 한결같았다.

그들은 다시 힘을 얻기 위해서 스스로 타락하고 멸망의 길로 향했다.

그런데 이상진은 전혀 달랐다.

힘을 일부 잃었다고 해도 지금의 자신에 대해 잘못된 판단을 내리지 않았다.

그건 상진의 스타일과도 관련이 있었다.

'평소에도 시스템보다는 스스로 분석하기를 즐겨했지.'

시스템을 사용하다가 마지막에는 지배당하는 사람들과 달리 상진은 처음부터 철저하게 도구로 이용해 왔다.

시스템의 도움을 받아 성장해 왔다고 해도 그건 부가적인 효과일 뿐.

이상진의 야구는 스스로 만들어 왔다.

'넌 역시 대단한 녀석이야.'

솔직히 1실점 정도는 할 줄 알았다.

그러나 이상진은 단 하나의 허점조차 보이지 않고 묵묵하게 평소의 자신을 보여 주고 있었다.

흑월 사자도 이 점이 참 마음에 들었는지 만족스러운 얼굴이었다.

"여기 핫도그는 맛있어. 정말 마음에 들어."

다른 부분이 마음에 드는 모양이었다.

잠시 눈치를 보다가 휘청거린 영호는 다시 야구장으로 시선을 돌렸다.

그때 흑월 사자의 나직한 목소리가 야구장의 소음을 뚫고 귓가에 파고들었다.

"생각보다 대단한 인간이구나."

"그렇습니다, 흑월 사자님."

"처음에는 시스템을 과부하로 정지시켰다는 이야기에 어떤 미친 짓을 했나 궁금했었다. 그런데 그런 미친 짓을 할 만하구나."

"예?"

갑자기 의미를 알 수 없는 알쏭달쏭한 말을 하자 영호는 고개를 갸웃거렸다.

대체 무슨 뜻으로 한 말인지 선뜻 이해할 수 없었다.

흑월 사자는 싱긋 웃으며 손가락으로 마운드에 서 있는 상진을 가리켰다.

*　　　　*　　　　*

한계란 무엇일까.

지난번에 100마일을 시도해 보면서 느꼈지만 상진은 시스템에 적혀 있는 수치를 맹신하지 않았다.

정확하게 말하자면 현재 자신의 능력을 아주 확실하게 수치화해서 보여 줬기에 그걸 믿긴 했다.

하지만 그 수치가 절대적이라고 생각하지 않았다.

'자신의 한계는 시스템이 정하는 게 아니다. 시스템이 없다고 해서 나 자신이 달라지는 것도 아니다.'

상진은 시스템은 그저 능력을 수치로 환산해서 보여 주는 것일 뿐, 그 수치가 절대적으로 정해진 한계가 아니라는 생각을 했었다.

그래서 도전했고 100마일을 성공했다.

"스트라이크! 타자 아웃!"

8회 첫 타자를 아웃시킨 상진은 이마의 땀을 닦았다.

체력이 떨어졌지만 수치로 확인할 수밖에 없는 만큼 감각으로 모든 걸 파악해야 했다.

그것이 오히려 기분 좋았다.

"마치 옛날에 야구를 처음 할 때의 감각이란 말이지."

그때 뭔가 지지직거리는 소음이 들려왔다.

경기장 스피커에 무슨 문제라도 생겼나 싶어서 고개를 들어 올린 상진의 눈앞에 시스템 메시지가 떠올랐다.

어딘가 많이 부서진 듯한 메시지였다.

[〈한&^$ @^파〉 *!^킬을 &^*&%!하였*&!~%다.]

여기저기 깨져 있는 글자는 알아보기 힘들었다.

게다가 잠깐 나타났다가 사라져 버려서 확인할 수 없었다.

상진은 눈을 동그랗게 뜨고 정면을 다시 살폈다.

"응? 뭐라고?"

다시 확인해 보려고 해도 시스템이 불안정한 모양이었다.

시스템 창을 불러봤지만 별다른 반응이 없었다.

잠시 머뭇거리는 사이 심판이 어서 공을 던지라는 신호를 보냈다.

"에이, 나중에 다시 보든가 해야지."

상진은 바로 털어 버리고 경기에 집중했다.

제대로 작동하지 않는 시스템은 경기 시작 전부터 이미 신경을 꺼뒀다.

그리고 없어졌던 시스템이 잠깐 반짝였다고 해서 흔들릴 멘탈도 아니었다.

상진은 투심 패스트볼의 그립을 쥔 손에 힘을 더하며 공을 뿌렸다.

"스트라이크으으! 아우우웃!"

심판의 아웃콜이 울려 퍼지며 8회 두 번째 타자도 아웃됐다.

오늘 맞은 안타는 고작 3개뿐.

압도적인 힘으로 상대 타선을 틀어막는 이상진의 기세는 누구도 막을 수 없었다.

"대단해. 정말 대단해!"

데이비드 로스 감독은 연신 감탄을 토해 냈다.

특히 팀에 있는 젊은 선수들에게 이상진의 칭찬을 늘어놓았다.

"너희도 미스터 리를 본받아야 한다. 미스터 리는 현대 투수의 교본이라고 해도 과언이 아니야."

"사이드암 스로 때문 아닌가요? 타자가 그걸 의식하니까 오히려 못 치는 게 아닌가 싶은데."

물론 다른 선수들에게도 메이저리거라는 자존심과 함께 자신의 실력에 대한 자부심이 있었다.

하지만 감독은 그걸 일언지하에 찍어 눌렀다.

"공격적인 투구를 하면서 동시에 스트라이크존 전체를 구석 구석 이용하는 투구까지. 우리 팀에는 구속이 좋은 투수도 있고, 구위가 좋은 투수도 있지. 물론 변화구를 잘 써먹는 투수도 있다."

각자 특성이 있다지만, 그건 약점도 뚜렷하다는 말이었다.

"하지만 그 모든 걸 한 몸에 갖추고 있는 건 미스터 리뿐이다. 그리고 사이드암 스로? 미스터 리가 오늘 사이드암으로 던진 건 몇 번이지?"

"현재 97구 중에 6개뿐입니다."

8회 2아웃까지 이상진이 던진 97개의 공 중에 사이드암 스로로 던진 건 6개뿐이었다.

데이비드 로스 감독의 말대로 사이드암 스로는 이상진의 주력이 아니었다.

"이상진의 투구는 구속이나 구위로 찍어 누르는 것도 아니고, 변화구로 유인하는 것도 아니야."

"그렇다면 무엇입니까?"

"아웃을 잡기 위한 투구지."

"그건 너무 기본적인 게 아닌가요?"

투수가 공을 던지는 건 아웃을 잡기 위해서다.

그런데 아웃을 잡기 위한 투구라는 말에 설명을 듣던 선수들은 맥이 빠졌다.

하지만 몇몇 선수들은 그걸 이해한다는 표정이 됐다.

빠른 공이나 묵직한 공을 보여 주는 게 아니라 아웃을 잡기 위해서라면 무슨 수를 써서라도 잡아내는 투구였다.

이상진이 공을 던지는 건 수단에 집중하는 투구가 아닌, 아웃을 잡는 본래의 목적에 충실한 투구였다.

"미스터 리는 야구의 본질에 가장 접근한 투수일지도 모르지."

그리고 그 순간, 8회의 마지막 아웃카운트가 잡혔다.

　　　　*　　　　　*　　　　　*

사방에서 환호가 쏟아졌다.

오늘까지 승리를 거두어도 고작 다섯 경기였다.

하지만 팬들에게 중요한 것은 팀의 성적이며 좋아하는 건 그 성적을 만들어 내는 선수였다.

"리! 리! 리! 리!"

"미스터리한 미스터 리! 우리들의 투수 미스터 리!"

컵스의 팬들은 9회에도 마운드에 오른 이상진을 열정적으로 불러 댔다.

몇 만 명이나 되는 관중들이 전부 자리에서 일어나 한마음 한뜻으로 이상진의 이름과 성을 외쳤다.

관중들이 모시는 신을 받드는 듯한 광경이었다.

마운드는 하나의 제단이 되어 있었다.

"충청 호크스에 있을 때보다 훨씬 대단해."

"메이저리그니까."

마운드에 함께 올라온 조나단의 말에 상진은 고개를 끄덕였다.

이곳은 메이저리그, 야구의 본고장이다.

이곳에서 무슨 일을 겪든지 한국 그 이상의 무언가를 느낄 수 있었다.

"그러면 남은 세 명의 타자는 어떻게 처리할까? 역시 맨 마지막이 문제겠지?"

3번 타자인 매니 마차도는 아직도 이를 갈고 있었다.

벌써 세 번이나 마주했는데도 그는 질리지도 않고 상진을 향해 적의를 불태우고 있었다.

쉽게 포기하는 상대만큼 맥 빠지는 일도 없기에 그런 마차도가 오히려 고마웠다.

"상관없어. 사인만 주면 내가 알아서 처리하지."

"꼭 혼자 알아서 하는 것처럼 그러기냐. 어쨌든 알았다."

9회 말 투아웃까지는 금방이었다.

샌디에이고의 타선은 리글리 필드에 와서도 무력했다.

그리고 오늘 네 번째로 마주하는 마차도를 보며 이상진은 미소를 지었다.

반대로 마차도의 얼굴에는 분노와 수치스러움으로 가득했다.

아까까지 세 번의 타석에서 모두 아웃 당했다.

게다가 삼진도 하나 잡혀서 자존심을 잔뜩 구겼다.

'마지막 타석에서라도 반드시 쳐내야 한다.'

오늘 배트로 공을 두 번 건드려 보긴 했어도 전부 범타로 처리됐다.

이번에도 안타 하나 치지 못한다면 구겨진 자존심에 잠도 제대로 못 잘 것만 같았다.

아니, 그 이상으로 자신을 철저하게 박살 낸 투수에 대한 증오까지 생겼다.

조나단은 잔뜩 흥분해 있는 마차도의 상태를 눈치채고 거기에 기름을 끼얹었다.

"야, 이 가는 소리가 여기까지 들린다."

"닥쳐."

"어이구, 무서워라."

살짝 건드려 봤는데 배트로 두들겨 팰 듯한 반응이 돌아왔다.

'어지간히 화가 났나 보네. 뭐, 안타 하나 제대로 못 치고 이지경이 됐으니 이해할 만하지만.'

게다가 마차도의 타격감은 요새 나쁘지 않았다.

아니, 바로 어제 경기에서도 4타수 3안타 4타점을 기록하며 맹타를 휘두르던 마차도였다.

오늘 자신의 성적에 불만이 없을 리가 없었다.

그때 사인을 교환하던 조나단의 입가에 미소가 떠올랐다.

'하여튼 눈치도 빠른 데다가 잔인한 녀석이라니까.'

사인의 내용은 무척이나 재미있었다.

초구는 포심으로. 스트라이크존 한가운데.

말로 기름을 더 붓지 못한다면 야구로 부어 버린다.

사인에 담긴 뜻대로 이상진의 초구는 마차도의 성질을 돋우기 충분했다.

"스트라이크!"

'감히 정중앙에 꽂아?'

마차도의 눈에서 불꽃이 튀었다.

치밀어 오르는 분노를 꾹꾹 누르며 초구를 지켜보려고 했었다.

처음 날아올 때 움찔하면서도 설마설마했다.

그런데 정말 보란 듯이 스트라이크존 정중앙에 꽂혀 버렸다.

"죽여 버리겠어."

마차도는 이를 갈면서 배트를 꽉 쥐었다.

그리고 두 번째 공은 아까보다 느리게 날아왔다.

'체인지업인가?'

오늘 아웃을 당한 공 중에는 체인지업도 분명히 있었고 코스도 파악해 두었다.

느릿느릿하게 날아오는 공이 체인지업일 거라고 생각하자마자 마차도의 배트는 힘차게 휘둘러졌다.

"스트라이크!"

"뭐?"

떨어지지 않았다.

놀라울 정도인 이상진의 구속 조절 능력으로 느려진 포심 패스트볼은 그대로 마차도의 배트 위를 지나쳤다.

예상했던 체인지업 코스가 아니라 패스트볼 코스로 날아가는 공을 눈 뜨고 보낼 수밖에 없었다.

"헤이, 매니. 그냥 집에 가서 이불이나 걷어차는 게 어때?"

"뭐? 더 지껄여 봐. 뭐라고?"

조나단의 말에 결국 폭발한 마차도가 헬멧을 벗어 집어 던지며 고함을 질렀다.

그걸 심판이 중간에서 가로막았다.

"매니 마차도, 거기까지."

"빌어먹을! 심판! 저 자식이 지껄이는 말을 들었잖아!"

"그러니까 그만. 둘 다 경고야. 다음에는 가차 없이 퇴장시키겠어."

"Shit!"

퇴장당하기는 싫었던 마차도는 다시 입을 다물었다.

다음 타자인 에릭 호스머에게 연결해 주는 건 이제 안중에도 없었다.

저 빌어먹을 투수의 공을 쳐내서 엿 먹여 주는 것 외에 이제 아무것도 생각할 수 없었다.

그러나 흥분해서 단순해진 타자를 요리하는 건 이상진의 전매 특허였다.

"스트라이크! 아웃!"

—경기 끝납니다! 오늘도 완봉승을 거두는 미스터 리! 이상진!

―한국에서 온 선발투수가 시카고 컵스를 이끌어 나갑니다!

＊　　　　＊　　　　＊

「0점대 행진은 계속된다. 컵스의 실질적인 에이스 이상진」
「이번에도 완봉승을 거둔 이상진, 파죽의 5연승」
「'3억 달러의 사나이' 마차도, 이상진에게 무안타로 체면 구겨」
「매너 마차도, 경기가 끝난 후 더그아웃 기물 파손」

유형진이 2점 초반대의 성적을 거두며 그 뒤를 이었고 김강현도 평균 자책점이 3점대 후반으로 괜찮은 성적이었다.

하지만 이상진은 현재 메이저리그에서 활동하는 한국 투수들 중 가장 독보적인 행보를 보여 주고 있었다.

0점대 평균 자책점은 물론 매 경기마다 10개가 넘는 탈삼진 행진을 보였다.

아직 시즌 초반이라고 해도 시카고 컵스의 팬들은 새로운 괴물 투수의 등장에 환호했다.

"5경기 동안 수고가 많았다."

"감사합니다, 감독님. 그동안 믿고 밀어 주시지 않으셨다면 이런 결과도 없었을 겁니다."

"뭘 그러나. 다 위약금 때문에 그런 거지."

데이비드 로스 감독은 농담조로 툭 던지며 미소를 지었다.

물론 선발 5경기에 출전시키지 않는다면 물어 줘야 하는 위약금은 만만찮았다.

하지만 타자들을 삼진으로 처리해 내며 0점대 평균 자책점을 기록하는 투수를 기용하지 않으면 누굴 기용하겠는가.

애초에 그는 이상진을 내릴 생각이 없었다.

"설마하니 두 경기 모두 완봉으로 잡아낼 줄은 몰랐어."

"이미 그렇게 이야기했으니 해내야 하는 일이잖습니까."

"말하는 대로 이룬다. 꿈같은 이야기야."

데이비드 로스 감독은 잠시 천장을 올려다봤다.

선수 시절 막바지에 월드시리즈 우승을 차지했던 게 아직도 꿈같았다.

하지만 그건 현실이었고 우승 트로피도 두 손으로 직접 만져 봤었다.

꿈을 이뤄낼 수 있는 선수.

2016년에 크리스 브라이언트나 카일 헨드릭스, 앤서니 리조, 그리고 존 레스터가 있었다면 올해는 이상진이 있다.

"옵션이 발동됐으니 이제 더 열심히 해야겠군."

"천만 달러라는 금액을 챙기려면 어쩔 수 없죠."

"그럼 이제 현실적인 이야기를 해야겠어."

데이비드 로스 감독의 립서비스 타임이 끝났다.

순식간에 진지하게 변한 그의 표정을 보며 상진은 여전히 무덤덤한 얼굴이었다.

"자네는 실질적인 에이스야."

"과분한 칭찬이십니다."

"자네는 겸손하게 대답하는 캐릭터가 아니지 않나? 인터뷰 때 하던 대로 솔직하게 해도 되네."

시가를 하나 빼문 데이비드 로스는 창가로 다가가 불을 붙여 한 모금 깊게 빨았다.

"우리 팀은 지구 선두를 달리고 있어. 존 레스터와 카일 헨드릭스도 잘해 주고 있고. 하지만 2점대 초중반의 평균 자책점인 선수와 0점대인 선수 사이에는 비교라는 건 어폐가 있지."

물론 그 정도로 티내면서 이상진을 중용할 수 없었다.

다른 선수들은 시카고 컵스라는 팀에서 몇 년 동안이나 자신의 몫을 해 왔다.

그렇게 쉽게 에이스의 자리를 인정해 줄 수는 없었다.

"하지만 자네가 앞으로 좋은 성적을 거두리라는 건 의심할 여지가 없겠지."

"그래서 어떤 현실적인 이야기를 하려고 그러십니까?"

"그 표정. 자네가 인터뷰를 할 때마다 보여 줬던 표정이군."

입꼬리를 슬쩍 올리고 있는 상진의 표정은 온화하다기보다는 비웃는 것에 가까웠다.

자신감을 여과 없이 보여 주면서 동시에 약간 악동스러운 듯한 미소.

데이비드 로스는 이상진의 본모습이 나타나자 싱긋 웃었다.

그런 다음 입을 다물고 창문 밖을 바라봤다.

상진도 아무 말도 없이 그의 말을 기다렸다.

한참이 지나고서야 데이비드 로스 감독은 몸을 돌려 다시 상진을 바라봤다.

그의 얼굴에 떠오른 표정은 무척이나 딱딱했다.

"미스터 리, 올림픽에는 꼭 나가야겠나?"

이 녀석은 보내고 싶지 않아

영호는 심드렁한 얼굴이었다.

작년 같았으면 상진에게 이런저런 일이 생기는 게 신기하기도 하고 조금 화가 나기도 했을 터였다.

하지만 이제 와서는 어떤 트러블이 일어나도 덤덤하기만 했다.

"올림픽 출전을 하지 않으면 안 되냐고? 넌 그래서 뭐라고 대답했는데?"

"뭐라고 대답하긴요. 어차피 계약서에 적혀 있는 내용인데 달라질 게 있나요. 출전하고 싶다고 했죠."

2020년 도쿄 올림픽에 출전하도록 허락해 준다.

그렇지 않는다면 위약금을 물어야 한다.

그것이 시카고 컵스와 이상진 사이에 맺어진 계약이었다.

상진은 그것을 원했고 데이비드 로스 감독은 고개를 끄덕였다.

하지만 영호의 의견은 달랐다.

"위약금 내고 너를 안 보낼 수도 있잖아?"

"그 금액을 감당한다고요?"

계약 관계는 확실하게 하고 싶었기에 위약금은 생각보다 셌다.

그 금액을 감당하면서 보내지 않는다는 건 상상하기 어려웠다.

"그렇게 되면 그때 가서 처리해야 할 일이죠. 그런데 다들 어디 가셨대요?"

경기가 끝나자 저승사자들이 관중으로 왔단 사실을 떠올린 상진은 집에 돌아오며 무척 긴장했다.

시스템이 고장 났으니 무슨 소리를 들을지, 대체 언제쯤 복구되는지 궁금하기도 했다.

그런데 집에 돌아와 보니 우르르 몰려왔던 저승사자들은 어디론가 나가서 보이지 않았다.

"다들 맛있는 거 먹으러 갔지."

"미국 여행 오더니 식도락인 거예요?"

"그렇기도 하고 아니기도 하고. 원래 해외 출장에 나가면 관광도 해야 하잖냐? 아마 곧 오실 거다."

말이 끝나기가 무섭게 초인종이 울리는 소리가 들려왔다.

상진과 영호는 시선을 마주하며 웃음을 터뜨렸다.

"역시 호랑이도 제 말 하면 온다더니."

"양반은 못 되네요."

호랑이보다 더 무서운 저승사자들이 찾아왔다.

문을 열고 집에 들어오는 그들의 손에는 음식들이 가득 들려 있었다.

"영호야! 와서 이거나 좀 들어라!"

"알겠습니다! 명일 사자님!"

영호는 그들이 말하기도 전에 이미 쏜살같이 달려가 들고 있던 음식 꾸러미들을 전부 받아 들었다.

핫도그나 시카고식 피자도 있었고, 다른 종류의 음식들도 꽤 많았다.

그리고 여전히 위엄 있는 표정으로 들어온 흑월 사자는 상진을 보며 미소 지었다.

"오늘 경기는 잘 봤네. 시스템이 없는 것치곤 흔들림이 없더군."

"감사합니다. 그런데 웬 음식들을 이렇게?"

"미국에 왔으면 미국 음식은 먹어 줘야지. 내 입맛에는 좀 짜긴 하지만 말이지."

흑월 사자는 근엄한 얼굴과 별개로 가벼운 관광객처럼 꾸며 입고 있어서 왠지 웃음이 나왔다.

그는 소파에 앉더니 상진에게 손짓했다.

"이리 와 보게."

그는 상진의 팔목을 붙잡고 맥을 짚었다.

그러자 순식간에 다가온 다른 저승사자 둘이 상진의 어깨를 붙잡았다.

"어깨는 왜 붙잡으시는 거죠?"

"다 그럴 일이 있으니까 잡는 겁니다."

"아프더라도 참아 봐요."

그 말이 무슨 뜻이냐고 물으려는 찰나, 갑자기 온몸이 저릿저릿하며 전기가 오르는 듯한 감각에 상진은 인상을 찌푸렸다.

참을 수 없을 정도까진 아니더라도 신경을 쥐어짜는 듯한 고통이 느껴졌다.

"생각했던 것보다는 양호하군. 시스템이 박살 난 게 아닌가 생각했는데, 이건 그냥 너무 과부화되어 잠시 정지된 것에 불과했군."

"그렇다면 다시 사용할 수 있다는 말씀이십니까?"

"그래. 하지만 언제쯤 된다고 단언할 수는 없네. 생각했던 것보다 타격이 있었던 것 같으니까."

말은 하지 않아도 흑월 사자는 생각 이상으로 놀라고 있었다.

과거에도 시스템이 박살 나는 경우는 많았고, 그 이유도 각양각색이었다.

한계를 돌파하려는 시도는 물론 종류에 따라서는 시스템을 너무 혹사시키거나 무리한 기능을 요구하는 등의 일이 대부분이었다.

"쓸데없는 욕심은 부리지 않았나 보군. 그나마 다행이야."

그래서 시스템이 정지됐다는 이야기를 처음 들었을 때, 망가졌으리라 생각했었다.

망가지지 않았더라도 매우 심각한 상황일 줄 알았다.

"한계를 뛰어넘어 보려고 했다고 들었네."

"그랬다가 이 꼴이 났죠."

"사실 자네가 먹은 시스템은 그저 잘 먹고 잘 자고 몸 상태를 최선의 환경으로 개선시켜 주는 것에 의의가 있었네."

"그럼 코인은 뭐죠?"

"그건 잘 먹었으니까 주는 포상 같은 거고."

잘 먹는 돼지의 습성에 맞는 행동을 하면 포인트가 오른다.

그리고 잘 먹었다의 기준은 음식만이 아니라 타자를 포식한 포인트도 말했다.

"부상을 입지 않거나 부상을 입어도 회복 속도가 빠르게 하고, 훈련하는 것에 따라서 몸 상태를 최고조로 유지하는 게 이 시스템의 본래 목적이네. 물론 하도 많이 먹다 보니 그게 좀 역전이 됐던 것 같구만."

"그래서 시스템은 언제 회복되는 겁니까?"

상진의 물음에 흑월 사자는 씩 웃으며 대답했다.

"잘 먹고 잘 자면 금방 나아."

*   *   *

시스템이 없는 생활도 점점 익숙해졌다.

4월 26일 필라델피아 필리스 전과 다음 달 1일에 이뤄진 디백스와의 경기에서는 득점 지원을 받지 못했다.

필리스 전에서는 9이닝, 그리고 오늘 디백스와 벌어진 원정 경기에서는 8이닝을 무실점으로 틀어막았다.

하지만 1점도 득점하지 못한 타선 덕분에 이상진의 승수는 5승으로 고정됐다.

"쩝쩝, 그러니까 왜 점수를 못 내냐고. 내기에서 이기고 싶으면 점수를 내."

8이닝을 무실점으로 틀어막고 벤치로 돌아온 상진은 느긋하게 육포를 씹으며 빈정거렸다.

4월 말부터 마치 거짓말처럼 식어 버린 컵스의 타선은 6경기 동안 3득점밖에 하지 못했다.

"네놈들은 프로냐?"

결국 참다못한 데이비드 로스 감독이 9회 초 공격에 나가는 선수들을 향해 일갈했다.

이 광경에는 상진도 그냥 입을 꾹 다물었다.

오늘만 해도 상진은 볼넷을 얻어 내서 출루를 했다.

하지만 자신보다 먼저 나간 타자도, 후속 타자도 없었다.

심지어 가끔 홈런을 치며 해결사의 면모를 보여 주던 조나단마저도 이틀 동안 안타 하나만 쳤을 뿐이었다.

"단체로 변비냐?"

"닥쳐 봐, 좀."

"왜 지가 못 치는 걸 나한테 화풀이냐? 이런 말 듣기 싫으면 좀 쳐 보든가."

데이비드 로스 감독은 이런 광경을 보면서 한숨을 쉬었다.

윽박질러 보기도 하고 달래 보기도 했지만 타격이라는 건 흐름을 타기 쉬웠다.

팀 전체가 하향세의 흐름을 타기 시작한 만큼, 이걸 끌어올리는 건 죽을 만큼 연습을 하거나 아니면 흐름을 바꾸는 수밖에 없었다.

'이 와중에 가장 타격감이 좋은 게 투수인 미스터 리라니.'

아이러니하게도 투수인 이상진은 경기마다 안타, 혹은 볼넷을 하나씩 만들어 내고 있었다.

그리고 오늘도 범타 처리가 되긴 했어도 세 번의 타석 중에 삼진을 당한 적은 한 번도 없었다.

"트리플A에 있는 선수들 중에 타격감 좋은 선수들을 올려서 대대적으로 바꿔 봐야 하나."

이쯤 되면 마이너리그에 있는 선수들을 끌어 올려서 새로운 얼굴들을 시험해 볼 시기였다.

데이비드 로스 감독의 말에 벤치에 있던 선수들의 표정은 굳어졌다.

어차피 타선과 불펜의 과부하 때문에 한두 명씩은 계속 트리플A와 교류가 있었다.

하지만 감독이 이렇게까지 대대적인 교체를 언급한 적은 없었다.

'으이구. 저게 다 의욕을 끌어올리려고 하는 건데.'

그 와중에 상진만이 감독의 의도를 눈치채고 미소를 지었다.

데이비드 로스 감독의 방식은 어찌 보면 자신과 비슷했다.

선수들의 위기감을 자극하고 그걸 통해 조금이라도 더 본래의 실력을 끌어올리기를 원한다.

게다가 메이저리그 선수들은 자존심이 무척이나 강해 그런 방법이 잘 먹혔다.

무엇보다 한번 내려가면 다시 올라올 거라고 장담할 수 없는 세계가 메이저리그였다.

"리, 너는 여기까지 던진다. 9회에는 불펜을 올린다."

"괜찮으시겠습니까?"

"상관없다. 그리고 네 상태도 요새 부쩍 이상하던데, 무슨 이유라도 있나?"

감독, 매니저라고 불리는 자리는 아무나 하는 건 아닌 모양이었다.

그는 확실한 무언가가 보이지 않더라도 감각의 영역으로 자신에게 뭔가 이상이 있음을 깨달았다.

상진은 데이비드 로스 감독에게 속으로 찬사를 보내며 글러브를 내려놓았다.

"별다른 일은 없습니다. 요새 음식을 좀 적게 됐단 점이 별다른 일이라면 일이랄까요."

"그게 적게 먹은 거면 대체 얼마나 먹는다는 건지 모르겠다."

충청 호크스 때와 마찬가지로 상진은 시카고 컵스에게서 식비 지원을 받았다.

그리고 호이어 단장과 엡스타인 사장으로부터 엄청난 원망을 받아야 했다.

그들은 충청 호크스와 포스팅 관련 문제로 이야기하면서 식비에 대한 풍문도 접했다.

'한국에서 너무 호들갑을 떠는데 선수 하나가 먹어 봤자 얼마나 먹는다고 그러나? 이상진의 식비를 지원해 주겠다고 해. 한 80퍼센트쯤?'

그래도 전액이 아니라 80퍼센트로 제한한 건 혹시나 싶어서였다.

쉽게 생각했던 엡스타인 사장은 올해 초 영수증을 받아 들고 길길이 날뛰었다.

선수단의 증언과 데이비드 로스 감독의 말에도 혼자 먹은 양이라는 걸 전혀 믿지 않았다.

'많이 먹기 대회에서 우승했다더니 거짓말이 아니었어!'

하지만 이상진과 함께 식사를 한 번 하고 그게 풍문이 아니라 사실임을 깨닫고 아연실색했다.

상진은 그때의 반응을 떠올리다가 이내 미소를 지었다.

"9회에도 제가 올라가겠습니다."

"쉬어도 된다니까?"

"제 고집입니다."

"후우, 또 그 말을 할 테지?"

안타나 볼넷을 내주면 마운드에서 물러나겠다는 말은 이상진이 자존심을 표현할 때 가장 많이 하는 말이었다.

몇 번 들었던 데이비드 로스 감독은 이상진의 자신감 넘치는 말을 무척이나 마음에 들어 했다.

"듣고 싶으신가요?"

"듣고 싶은데?"

감독의 농담에 상진은 자신만만하게 엄지손가락을 치켜세우며 선언했다.

언제나 그렇듯 시원시원하면서 자신감 넘치는 얼굴이었다.

"연장이 몇 회가 되든지 던져 드리죠."

*　　　　*　　　　*

말은 발이 없으면서도 천리를 달리기도 하고 쥐나 새가 훔쳐 듣기도 한다.

그리고 무엇보다 말은 씨가 된다.

상진은 마운드에서 후회해 보는 건 시스템을 얻은 이후로 처음이 아닐까 싶었다.

"후우, 그래도 사나이가 체력이 없지 가오가 없냐."

그리고 괴로운 건 이쪽만이 아니었다.

오늘 상대하고 있는 애리조나 다이아몬드백스는 미치고 환장할 노릇이었다.

무엇보다 애리조나의 머리라고 할 수 있는 토리 러벨로 감독이 벤치에서 길길이 날뛰고 있었다.

"이쪽은 투수를 벌써 여섯 명째 쓰고 있다고! 이런 미친놈! 체력이 무슨 태평양 같냐!"

지난번에 이어 이상진을 두 번째 만난 토리 러벨로 감독은 이번에야말로 이상진을 무너뜨릴 수 있다고 자신했다.

그런데 오히려 지난번보다 더 난해해졌다.

"스트라이크!"

시스템을 잃어버렸기 때문에 오히려 시스템에 얽매이지 않았다.

그동안 시스템의 알림으로 관리하던 체력도 자신의 감각대로 느끼며 소모량을 조절했고, 구속이 줄어드는 걸 눈치 보지 않았다.

그 결과, 지난번과 비교해서 패턴이 더욱 복잡해지는 결과가 됐다.

"허억, 허억, 후우. 108구째네? 많이도 던졌다."

물론 그와 반비례해서 체력 조절에 실패하면 지금처럼 된다.

더 큰 문제는 바로 조나단이 교체됐다는 점이었다.

포수로서 오랫동안 쭈그려 앉아서 그라운드를 지휘해야 하는 건 무척이나 힘든 작업이었다.

9회까지는 어찌어찌 버텨낸 게 신기할 정도였다.

"스트라이크!"

두 번째 스트라이크를 잡아낸 상진은 이번 이닝이 끝나거든 교체해 달라고 말할까 고민했다.

하지만 어쩌겠는가.

안타나 볼넷을 내주면 내려간다고 했는데, 지금은 너무 많이 와 버렸다.

"스트라이크! 아웃!"

이걸로 10회 초 2아웃이 됐다.

'무시무시한 체력이야.'

솔직히 데이비드 로스 감독은 이상진이 10회에도 이 정도의 공을 던질 줄 몰랐다.

'대체 한계가 어디까지인지 알 수 없는 투수야. 대체 이런 투수가 왜 그런 부침을 겪었던 거지?'

그가 놀랄 정도로 엄청난 체력이었다.

그렇게 잘 먹으면서 동시에 운동량이 어마어마했던 이상진이었기에 대략적으로 짐작은 했었다.

하지만 10회까지 버틸 정도로 좋을 줄은 미처 몰랐다.

물론 이상진을 끝까지 끌고 갈 생각은 없었다.

'슬슬 교체를 이야기해도 되겠어.'

10회 초 2아웃까지 잡아 놓은 상진은 이마의 땀을 닦아 냈다.

아슬아슬하긴 해도 오늘의 투구는 마음에 들었다.

9와 3분의 2이닝 동안 탈삼진 11개와 6피안타.

전부 산발적으로 맞았기에 단 1점도 내주지 않았다.

그리고 교체된 포수 윌슨 콘트레라스와의 호흡도 괜찮았다.

'다음에는 뭘 던질래? 슬라이더? 아니면 투심?'

자신의 의사를 세심하게 물어오는 윌슨의 사인은 마음에 들었다.

하지만 과감하면서 묻지 않아도 자신이 원하는 방향성을 맞춰 주는 조나단이 훨씬 좋았다.

상진은 마지막 타자도 범타로 처리하고 마운드에서 내려왔다.

"리! 미스터 리! 미스터리한 리!"

"상진! 상진!"

상대 팀인 애리조나 다이아몬드백스의 팬들마저도 기립 박수를 할 정도의 투구였다.

상대 팀의 팬들조차 환호할 정도로 이상진은 뛰어난 투구를 보여 줬다.

"이쯤 되면 됐나?"

"승리를 거두지 못한 게 아쉽네요."

상진이 벤치로 돌아오자 데이비드 로스 감독은 주저 없이 교체를 선언했다.

아무리 체력적인 믿음이 있다고 해도 11회까지는 무리였다.

그들의 투수는 기대에 충분히 보답하였으나, 0 대 0으로 타선이 여전히 점수를 내지 못해 상진은 승리를 챙기지 못했다.

그때 조나단이 미적거리면서 다가오더니 우물쭈물거렸다.

"뭐야?"

"어, 음, 미안하다."

조나단의 사과에 상진은 눈을 동그랗게 떴다.

평소답지 않은 그의 모습에서 요새 타격감이 좋지 않아 심적으로 힘든 상황임을 눈치챌 수 있었다.

그래도 상진의 태도에는 변함이 없었다.

"타자가 점수를 못 내면 당연히 미안해해야지. 그래도 미안한 줄 아는 걸 보니 염치는 있네?"

"젠장."

이 정도 말을 한다면 울컥할 줄 알았는데, 투덜거리기만 하는 걸로 봐선 생각보다 자신감이 떨어진 듯했다.

그래서 평소와 말투를 조금 바꿨다.

"지금 타율이 얼마지?"

"2할 7푼 정도지."

"작년 네 타율은 0.232였고 재작년은 0.241이었지. 그런데 올해는 아직 2할 7푼이야."

나이도 먹을 만큼 먹은 베테랑이라는 선수가 타격감이 잠시 떨어졌다는 이유로 의기소침하고 있다.

그것만큼 보기 힘든 것도 없었다.

이럴 때만큼 팀에 중심을 잡아 줄 타자가 필요했다.

'크리스 브라이언트가 아쉬울 따름이야.'

크리스 브라이언트는 서비스 타임을 더 연장하려는 구단의 의도 때문에 시즌이 끝난 뒤에 트레이드 매물로 나왔다.

게다가 서비스 타임 관련 소송에서 최종적으로 패소해 버렸다.

이로써 브라이언트의 FA는 2021년 이후가 되었고 트레이드 가치가 더욱 올라가자 컵스 구단은 그를 비싸게 바꿨다.

하지만 이건 실책이었다.

크리스 브라이언트가 다른 팀으로 가고 앤서니 리조마저 부진한 데다가 벤 조브리스트까지 은퇴하자 컵스의 타선에서 중심을 잡아 줄 사람이 없었다.

"조나단, 너는 포수로서 정말 잘해 주고 있어. 그리고 타격도 작년이나 재작년보다 낫지. 너에게 그거로 만족하라고 말하진 않겠지만, 훨씬 나아지고 있는데 자신감을 잃고 자포자기하면 그것만큼 꼴불견인 것도 없어."

"후우."

"힘들지? 잘 나가던 타격감이 다시 뒤떨어지는 것 같아서 괴롭지?"

어떻게 보면 부상이나 재활이라는 점에서는 조나단보다 자신이 선배였다.

그래서 조나단을 보고 있자면 해 줄 말이 많기도 했다.

"그럼 어떻게 하자고?"

"이봐, 파트너. 괜히 머리 아프고 힘들게 하지 말자고."

지금의 자신이 해 줄 말은 아니었지만 그래도 늘상 듣는 말이 있다.

잠시 입을 다물고 말을 정리한 상진은 겉옷을 챙겨 입으며 툭 던졌다.

"즐겁게 하면 되잖아?"

정말 오랜만에 듣는 말에 조나단도 피식 웃었다.

＊　　　　＊　　　　＊

승운은 따르지 않았어도 이상진에 대한 평가는 나날이 높아졌다.

「끝날 줄 모르는 무실점 피칭, 이상진이라는 괴물이 메이저리그를 뒤흔들다」

0점대 평균 자책점을 연일 갱신하고 탈삼진 쇼를 벌이는 상진의 모습에 메이저리그는 열광했다.

처음에 이상진의 한마디 한마디를 꼬집으며 비판하던 언론사들이 보여 주는 태세 전환은 소름 끼칠 정도였다.

「이상진의 경기 운영, 어떤 점을 배워야 하는가?」
「철저한 분석과 철저한 자기 관리, 그 안에서 나타난 한국의 괴물」

그리고 드디어 이런 기사들도 나오기 시작했다.

「유형진과 이상진, 코리안 몬스터들의 맞대결이 기대된다」

뉴스를 보던 상진은 피식 웃으면서 스마트폰을 끄고 다음에 있을 LA 다저스 원정경기를 대비해서 데이터를 살펴보기 시작했다.

지난 경기들에서 상대 타자들의 성적과 더불어 어떤 구종과 어떤 코스를 좋아하는지를 중점적으로 분석했다.

"벌써부터 유형진하고의 맞대결을 기대하는 놈들은 뭐냐?"

"저도 빨리 맞붙고 싶긴 한데, 그러기에는 아직 한참 남았는데 말이죠."

올해 시카고 컵스의 일정에서 토론토 블루제이스와의 경기는 올스타전이 지난 후에야 있었다.

그나마 김강현하고는 자주 맞붙게 됐지만, 추진수와의 맞대결은 시범 경기 이후로 없었다.

그 외에 미국에 진출한 다른 한국인 선수들과도 대결할 일이 적었다.

"그런데 그건 뭔 영상이냐? 타자 영상이 아니라 왜 투수 영상을 돌려 보고 있어?"

"아무래도 투수에 대한 분석도 좀 해 둬야 할 것 같아서요."

"투수? 투수는 왜?"

"저는 솔직히 메이저리그쯤 되니까 전력 분석팀한테 맡겨 놓고 선수들한테 맡겨 놔도 된다고 생각했어요."

그런데 아니었다.

선수들은 개인주의적이고 자신의 스탯에 신경을 많이 썼다.

그러다 보니 팀 성적이 제대로 나오지 않는 경우도 많았다.

특히 하위권 팀들에게 이런 경향이 짙게 나왔다.

"메이저리그 수준을 너무 믿고 있었어요."

"컵스가 그 정도로 심각해?"

그런데 시카고 컵스라는 명문팀에서 그런 일이 벌어지고 있었다.

이건 대충 넘어갈 일이 아니었다.

"일단 감독님의 힘으로 어떻게든 문제는 봉합하고 있죠. 하지만 타선 쪽에는 이미 문제가 터졌어요."

"그런데 그게 상대 팀 투수 분석하고 연관이 있는 거냐?"

시카고 컵스의 타선은 이미 물먹은 솜처럼 축 늘어졌다.

하지만 문제는 언제나 연쇄되는 법.

언제 투수진도 영향을 받게 될지 알 수 없었다.

"이렇게 연장전이 계속된다면 투수진에도 과부하가 생겨요. 투수들에게도 문제가 생기지 않으려면 아무래도 타선이 살아나야 하니까요."

이번에 자신의 체력이 바닥까지 떨어질 정도로 던졌음에도 10회까지 시카고 컵스는 단 1점도 내지 못했다.

10회까지 던진 이유도 어찌 보면 감당할 수 있는 데까지 불펜의 소모를 막아 보려는 의도도 있었다.

얼마 전까지 타선의 부진으로 인해 연장전만 두 번을 치렀다.

어제 경기에서 연장 11회에 불펜이 1점을 내주며 패한 건 그나마 한 명만 소모됐다.

그 전날과 전전날까지 한다면 무려 여덟 명의 불펜진이 소모됐다.

"불확실 요소인 마이너리거들을 올린다고 해도 타선이 살아나지 않는다면 의미는 없으니까요."

"그래서 투수를 분석하는 건 타자들에게 투수의 약점을 알려 주기 위해서다?"

"기존에 준비해 둔 데이터로는 부족해요. 이번 시즌을 시작하면서 영리한 투수들은 전부 자신의 약점을 조금씩 보완해 왔어요."

그래서 신선한 데이터가 필요했다.

아주 신선한 데이터가.

＊　　　　＊　　　　＊

5월 5일 다저스 스타디움에선 묘한 분위기가 풍겨 나왔다.

지난 FA 계약을 전후해서 커리어 역사상 가장 부진했던 클레이튼 커쇼가 나름대로 부활하고 있었다.

평균 자책점도 1.57을 기록하며 전성기 시절의 위력을 되찾았다.

"미스터 리?"

클레이튼 커쇼는 내일 자신과 맞붙을 시카고 컵스의 선발투수 이름을 듣자마자 주먹을 불끈 쥐었다.

"좋은 상대네."

올 시즌을 준비하며 정말 마음고생을 많이 했다.

언론이나 팬들은 자신이 조금 추락하자마자 정신없이 물어뜯기 시작했다.

사실 그동안 쌓아 놓은 커리어나 금전적인 여유를 생각하면 늘어져도 뭐라 할 사람은 없었다.

하지만 커쇼는 다른 선수들과 달랐다.

스프링 트레이닝 기간에 돌입하기 전부터 준비하기 시작해서 나름대로 몸을 만든 채 시즌을 시작했다.

그때 자극이 된 게 바로 이상진의 존재였다.

유형진과 함께 뛰어 봤던 커쇼로서는 이상진이 어떤 마인드로 경기에 임하는지 알 수 있었다.

"유형진하고도 비슷하겠지."

"승부에 임하는 태도 말이야? 정말 진지하고 성실하지."

"유형진은 처음 봤을 때 좀 대충대충 하는 느낌이었지만, 바로 작년까지는 어마어마했지."

작년에 사이 영 상 경쟁을 벌이던 옛 동료를 떠올리며 커쇼는 빙그레 미소 지었다.

처음 미국에 와서 적응하는 데 어려움을 겪긴 했어도, 3점대 초중반의 평균 자책점으로 어느 정도 제 몫을 해 줬다.

그런데 어느 순간 폭발적으로 기량이 늘더니, 작년에는 사이 영 상에서 2위를 기록하는 기염을 토해 냈다.

"이상진도 야구에 대해서 매우 진지하고 유형진만큼의 능력은 지녔겠지. 아니, 그 이상일 수도 있겠어."

벨린저는 커쇼가 평가하는 걸 들으면서 싱긋 웃었다.

커쇼는 로스앤젤레스를 제패하고 내셔널리그 서부 지구를 제패하는 다저스의 일원이고 수호신이었다.

그리고 그는 늘 상대에 대해 이렇게 고평가를 내리곤 했다.

"그래도 올해 처음으로 메이저리그에 진출한 투수야. 그러니까 운이 따라 줬던 거 아닐까? 비기너즈 럭이라는 말도 있잖아?"

"그럴지도 모르지."

그렇다고 해도 메이저에 올 만한 실력을 가졌다는 건 부정할 수 없었다.

커쇼의 생각은 벨린저가 그렇게 말해도 마찬가지로 변함없었다.

"걱정하지 마. 그 녀석 스타일이 까다롭다던데 내가 홈런으로 메이저리그의 무서움을 알려 줄 테니까."

"그러다가 초짜한테 잡아먹힌다."

이렇게 말하면서도 커쇼는 다시 생각에 잠기더니 이내 고개를 가로저었다.

"아무래도 전력 분석팀하고 논의를 좀 더 해 봐야겠어."

*   *   *

전화를 끊은 상진은 한숨을 토해 냈다.

"뭐래냐?"

"그냥 잘해 보래요."

토론토에 있는 유형진에게 커쇼에 대한 정보를 얻어 볼까 하고 전화를 걸어 봤다.

그런데 돌아온 답은 생각보다 간단했다.

"잘 던지는 걸 잘 치고 잘 막으면 된다던데요."

"그걸 못 하니까 전화한 거 아니었냐?"

"제 말이 그 말이에요!"

씩씩거리면서 상진은 태블릿에 있는 커쇼의 영상을 다시 켰다.

여전히 대단한 투구였다.

커쇼 하면 슬라이더를 생각하게 마련이지만, 단 하나만으로 리그를 제패할 수는 없다.

그의 투구를 뒷받침해 주는 건 포심과 투심이었다.

그의 포심 패스트볼은 요즘 야구계의 대세와 다르게 좌우로의 변화가 1인치도 되지 않았다.

손에서 떠남과 동시에 포수의 미트에 일직선으로 날아가는 공이라 다른 공과 예측이 달랐다.

게다가 투심 패스트볼은 최고 구속이 97마일까지 나오면서 동시에 종적 움직임보다 횡적 움직임이 훨씬 더 심했다.

"작년하고 재작년에는 정말 부진했던 건지, 아니면 번아웃 증후군인지는 몰라도 무서울 정도네요."

"올해는 그동안의 방황을 끝내고 다시 부활한 것 같으니 더 미치겠지. 그래서 방법은 있냐?"

전성기의 투구만 봐서는 방법 따위는 없었다.

1점이라도 내면 다행이라고 여겨질 정도였다.

"그럼요. 제가 누굽니까?"

그래도 하나 방법은 있었다.

올해 올스타전이 예약되어 있는 다저스타디움은 좌우가 정확하게 대칭된다.

반으로 딱 접으면 일치하는 대칭형 구장은 예전에 많았으나, 요새는 비대칭형 구장이 많아졌다.

그러다 보니 지금은 내셔널 리그에서 유일한 대칭형 구장이 되어 버렸다.

"그러니까 다저스 스타디움이 아니라 다저스타디움이라고요."

"그거나 그거나 어차피 붙여서 발음하면 모른다고."

예전에도 와 봤듯이 다저스타디움은 어마어마한 크기를 자랑했다.

그때는 비시즌 기간이라 사람이 별로 없었지만 오늘만큼은 달랐다.

상진은 엄청난 수의 사람들이 오가는 광경을 보며 감탄했다.

"역시 로스앤젤레스는 뭐가 달라도 다르네요. 관중 동원력이 정말 어마어마해요."

모르긴 몰라도 오늘 다저스타디움 관중석 5만6천 석은 전부 꽉꽉 들어찰 것 같은 인파였다.

보안 요원들의 안내를 받으며 들어가는 가운데, 상진은 쓴웃음을 지었다.

한 사내가 입고 있는, 주황색과 흰색이 어우러진 유니폼은 바로 충청 호크스의 유니폼이었다.

상진을 응원하기 위해서 일부러 입고 온 모양이었다.

영호도 그걸 발견하고 미소를 지었다.

"오랜만에 보지?"

"거의 반년 만이네요. 가끔 꿈에서도 봐요."

이상진이 없어지자 모두 예상했던 대로 충청 호크스는 우승 전력에서 멀어졌다.

그래도 아직은 괜찮았다.

"호크스는 요새 5위라면서?"

"제가 없는데도 그 정도면 다행인 거죠. 부상당했던 선수들도 돌아왔고 후배들도 실력이 부쩍 늘었으니까요."

작년 한 해 동안 후배들에게 이것저것 알려 주기도 많이 알려줬다.

투심의 그립을 잡는 법이나 간결한 폼으로 던지는 방법부터 경기마다 쓸 수 있는 간단한 심리전 팁이나 타자의 약점 등.

이상진이 호크스에 남겨 둔 것은 고스란히 후배들에게 돌아갔다.

"작년에 우승해 본 경험이 도움이 후배들한테 도움이 됐으면 좋겠네요."

"그 전에 네 발등에 떨어진 불이나 어떻게 해야 하지 않겠냐?"

하필이면 클레이튼 커쇼와 맞붙게 될 줄 누가 알았겠는가.

무엇보다 다저스의 타선은 메이저리그에서도 손꼽히는 타선이었다.

아무리 다저스타디움이 투수 친화적인 구장이라고 해도 결코 무시할 수 없었다.

"시즌 아웃됐던 코리 시거가 돌아오고 부진했던 코디 벨린저가 다시 부활했죠. 게다가 로테이션으로 맥스 먼시 같은 선수들이 돌아가며 출전하고 있고 지터 다운스와 미첼 화이트, 조슈아 그레이 같은 유망주도 좋은 성적을 냈고요."

"현재 전력으로는 아마 다저스가 메이저리그 최고가 아닌가 싶다."

타선에서는 코디 벨린저의 부진과 시즌 아웃 당한 코리 시거의 공백을 다른 선수들이 잘 메워줬다.

그리고 투수진 역시 유형진과 리치 힐이 이적했음에도 다저스는 그 공백을 적절하게 메우고 선발진을 무리 없이 운영하고 있었다.

"무서울 정도의 팜 운영이에요. 싱글 A부터 트리플 A까지 적절하게 잡혀 있는 균형은 물론이고, 유망주 확보에도 소홀히 하지 않으니까요."

"올해 우승 후보라는 소리네."

"게다가 그동안 부진했던 선수들이 일제히 부활하는 것도 무서울 정도죠."

벨린저 같은 경우는 휴스턴의 사인 훔치기에 분노했던 탓인지 시즌 초반부터 무서울 정도의 맹타를 휘둘렀다.

현재 내셔널리그 타율 1위는 세인트루이스 카디널스의 토니 스미스였다.

그는 시스템의 도움으로 4할이 넘는 타율을 기록 중이니 별도의 경우로 제외한다면 1위는 코디 벨린저였다.

벨린저 역시 3할 후반대의 맹타를 휘두르고 있었다.

"저기 이상진이다!"

"와! 이상진!"

다저스 유니폼을 입고 있는 관중들 중에 이상진을 알아본 한인 팬들이 일제히 손을 흔들었다.

상진도 웃으면서 고개를 살짝 숙여 보이고 경기장 안으로 들어섰다.

"그런데 클레이튼 커쇼를 무너뜨릴 비책은 대체 뭐냐?"

커쇼는 올해 최고의 투구를 보여 주고 있었다.

작년에 사이 영 상을 탄 내셔널리그의 제이콥 디그롬과 아메리칸 리그의 저스틴 벌렌더 이상의 실력이었다.

완벽하게 부활한 커쇼를 어떻게 상대할지 영호는 무척이나 궁금했다.

"상대를 열받게 하는 방법은 뭐 여러 가지 있죠."

즉흥적으로 생각해 낸 방법이긴 했다.

하지만 이만큼 확실한 방법은 없을 것이다.

상진은 주먹을 꽉 쥐며 오늘의 승리를 자신했다.

*   *   *

클레이튼 커쇼.

2016년까지는 무적의 투수로 군림하던 그는 2017 시즌에 부상을 당하며 평균 구속이 상당히 내려갔다.

이제 패스트볼의 평균 구속은 90~91마일 정도로 전성기와 비교해서 3마일 이상 내려갔다.

"커쇼는 패스트볼의 구속과 구위로 찍어 누르는 피칭이 불가능해지자 변신을 시도했지."

벌렌더나 채프먼과 같이 피지컬이 신에게 축복받았다고 할 수 있는 선수가 아닌 이상 나이를 먹은 투수들이라면 누구나 겪는 현상이었다.

이걸 극복하기 위해서라면 투심이나 싱커와 같은 변형 패스트볼을 던지거나 아니면 아예 변화구 위주의 유형으로 바뀌게 된다.

그렇지 못한다면 몰락하는 건 필연이다.

"그리고 2018 시즌부터는 패스트볼보다 슬라이더를 더 많이 던지기 시작하자 삼진이 감소했지만, 범타로 처리하는 비중이 늘어났지."

커쇼의 슬라이더는 리그를 정복하는 데 가장 큰 원동력이었던 만큼 명품 그 이상이었다.

"그런데 실제로 눈앞에서 보니 어처구니가 없네."

시카고 컵스의 타자들이 1번부터 3번까지 모두 맥없이 물러났다.

아웃카운트 3개가 만들어지는 데 들어간 투구 수는 고작 7개.

그걸 보면서 상진은 씩 웃었다.

"재미있게 만드네."

1회 초 시카고 컵스의 공격을 찍어 누른 클레이튼 커쇼는 마운드에서 내려가기 전, 이쪽을 바라봤다.

그건 분명히 자신에게 보내는 도발이었다.

어차피 준비해 둔 것도 있었지만 이런 도발을 그냥 넘어갈 수는 없었다.

"가자. 조나단."

"젠장. 아직도 머리가 복잡하다고!"

"저 타선을 상대하는 투수라면, 그리고 저 투수를 상대하는 타자라면 누구나 골치가 아파. 괜히 엄살 피우지 말고 당장 나와."

조나단은 짜증스러운 표정을 지으며 그라운드로 나왔다.

커쇼를 공략하는 방법은 이미 들어서 알고 있었지만, 막상 실전에서는 한 명도 공을 쳐 내지 못했다.

"그 방법이 통하긴 해?"

"지금은 안 되겠지. 그 전에 내가 커쇼를 뒤흔들어 놓아야 하니까."

투수를 상대하는 건 타자들만이 아니었다.

때로는 상대 선발투수를 의식하고 던질 때도 있다.

여태까지 이상진을 상대해 왔던 다른 투수들이 그래 왔듯, 상진 역시 상대 투수를 의식하고 던진 적이 많았다.

"나를 도발까지 해 주다니. 경기 망치기 딱 좋은 날인데?"

마운드에 올라간 상진은 기지개를 켜며 1번으로 올라온 A. J.

폴락을 바라봤다.

그리고 다저스의 더그아웃에 있는 커쇼를 향해 시선을 돌렸다.

그는 미소를 지으며 이쪽을 구경하고 있었다.

"그 여유, 단숨에 지워 주마."

*　　　　　*　　　　　*

커쇼의 얼굴이 굳어졌다.

마치 시위라도 하는 듯한 광경이었다.

"저 빌어먹을 개자식이?"

"헤이, 키드. 왜 그래?"

옆에 있는 동료들은 커쇼가 얼굴을 찌푸리며 욕설을 내뱉는 걸 이해하지 못했다.

3번 타자 저스틴 터너가 범타로 물러나기 때문에 욕을 한 거라면 더그아웃 분위기는 순식간에 무너진다.

하지만 욕설의 대상은 물러난 터너가 아니라 이상진이었다.

"저놈, 내 투구를 따라 하고 있어."

"따라 하고 있다고?"

"평소에 90마일 후반대가 나오는 포심을 던지면서 오늘은 철저하게 슬라이더 위주로 던지고 있어."

"그러고 보니……."

게다가 1회 초에 커쇼가 던진 투구 수도 7개였고, 이상진이 던진 투구 수도 7개였다.

평소에 멘탈이 강하기로 유명한 커쇼였지만, 자신을 따라 하는 상진의 모습이 무척이나 불쾌하게 느껴졌다.

벨린저가 이를 벅벅 갈고 있는 커쇼의 어깨를 툭툭 치며 진정시켰다.

"걱정하지 마. 처음에 맥없이 물러났다고 해도 어제하고 그제 경기를 합치면 15점을 뽑아낸 타선이야. 이런 말 하기엔 미안하지만, 네가 던진다고 해도 5점은 뽑아낼걸?"

"전혀 위로가 안 되는데?"

"타선이 폭발하기 시작한다면 저 녀석의 투구 수는 계속 늘어날 거야. 그러니 걱정하지 말고 타자들을, 우리를 믿어 봐."

언제나 듬직한 코디 벨린저의 말에 커쇼는 마음을 가라앉혔다.

그만큼 다저스의 전력은 올해도 지구 우승은 기본으로 깔고, 월드시리즈를 겨냥할 정도였다.

저런 시시한 선수에게 물러날 수만은 없었다.

"그래도 방심하지 마라. 미스터 유와 같은 나라에서 왔고 같은 구단에서 있었다고 했어. 그럴 리는 없겠지만 형진 유가 정보를 제공해 줬을 수도 있어."

"쯧. 그래도 우리의 승리는 변함없어."

벨린저는 자신만만한 얼굴로 글러브를 챙겼다.

하지만 이닝이 지나가면 지나갈수록 다저스의 다른 선수들도 얼굴이 굳어졌다.

4회가 끝난 시점에서 커쇼의 투구 수는 41개.

이상진의 투구 수도 41개였다.

게다가 아까 커쇼가 말한 대로 이상진이 오늘 주력으로 던지는 건 100마일에 가까운 구속을 자랑하는 포심 패스트볼이 아니었다.

바로 슬라이더와 커브였다.

문제는 바로 그것이 커쇼의 주력 구종이라는 점이었다.

"저 개자식이!"

커쇼와 반대로 이상진의 입가에는 짙은 미소가 떠올라 있었다.

다저스의 벤치 분위기가 뒤숭숭한 게 반대편에서도 느껴질 정도였다.

그걸 바라보며 이상진은 기지개를 폈다.

"이제 됐나?"

"넌 참 대단하다. 어떻게 저런 식으로 열받게 하냐?"

메이저리그의 투수들이라면 적어도 4개 이상의 구종은 갖추고 있었다.

그것 하나하나가 전부 수준급이고 주력 무기로 사용해도 부족함이 없었다.

그리고 커쇼 역시 패스트볼, 슬라이더, 커브가 무시무시할 정도의 수준이었다.

그걸 이상진은 그걸 어렵지 않게 구현해 냈다.

"그런데 계속 이런 식으로 스윙해도 되는 거야?"

"감독님하고도 이야기한 거니까 상관없어. 지금은 커쇼를 투 피치 투수로 만드는 게 중요해. 아니면 끌어내려야지."

커쇼의 약점은 어느 구종 하나의 제구가 흐트러지면 그다음 부터는 투 피치 투수가 되어 버린다.

그리고 커쇼는 슬라이더 구사비율이 45퍼센트에 육박할 정 도로 높았다.

그래서 이상진은 슬라이더 타이밍만 노리고 스윙하는 걸 선 택했고, 시카고 컵스의 선수들도 4회까지 전부 슬라이더만 노 렸다.

"아마 패스트볼과 커브만 주야장천 던지다 보니 슬라이더 그 립도 잊어버리지 않을까?"

물론 잊어버릴 리는 없겠지만 오늘 경기에서 거의 던지지 않 은 슬라이더가 신경 쓰일 것이다.

"어찌 됐든 이제 다른 구종을 노릴 차례가 됐지."

"그 전에 커쇼를 또 열받게 만들어야 하지 않겠어?"

"그건 우리가 안타를 만들어 냈으니 그만해도 좋아."

5회 초 시카고 컵스는 안타를 두 개나 쳐 냈어도 LA 다저스 의 수비에 막혀 점수를 내지 못했다.

그래도 커쇼가 흔들리고 있다는 건 분명한 사실.

적당히 따라 하면서 커쇼를 뒤흔드는 작업은 이걸로 충분했 다.

"이제부터 격차를 보여 줘야지."

이미 커쇼와 이상진은 멘탈에서부터 차이가 있었다.

한국에서도 부상과 부진으로 몇 년 동안이나 고생했던 이상 진은 웬만해서 흔들리는 일이 없었다.

하지만 커쇼는 부침은 있었어도 언제나 다저스에서 에이스 취급을 받아 왔다.

실력 면에서 큰 차이가 없다고 하더라도 이런 소소한 부분 의 차이가 이제 큰 차이로 변해 있었다.

"와, 그런데 사람 하나 잡아먹을 것처럼 눈을 치켜뜨나."

마운드에 오른 상진은 쓴웃음을 지었다.

타순은 이미 한 바퀴 돌았고 4회 말에도 3번까지 처리했다.

그리고 LA 다저스에서 손꼽히는 최악의 타자가 연달아 등장 할 차례였다.

"이제 또 산을 넘어야 하네."

아까 이상진에게 범타로 아웃되었던 LA 다저스의 4번 타자.

코디 벨린저가 다시 이를 갈며 타석에 올랐다.

코디 벨린저.

메이저리그에서 투수들은 그 이름만 들어도 공포에 떨었다.

시스템을 가지고 있는 자신이나 토니 스미스와 다르게 코디 벨린저는 말 그대로 천재였다.

아직 만 24세임에도 골드글러브, 실버슬러거, 신인왕, MVP까 지 모두 달성한 것은 자니 벤치, 프레드 린, 더스틴 페드로이아 에 이어 역대 네 번째였다.

게다가 신인왕으로는 만장일치로 뽑히기도 했다.

'코털을 뽑았으니 이제는 괴물을 잡아야겠지.'

그나마 2회에 마주했을 때는 평소와 다른 투구로 범타 처리할 수 있었다.

하지만 이번에는 전혀 달랐다.

'단단히 준비하고 나왔구만.'

느껴지는 기세가 사람 하나쯤은 가볍게 씹어 먹을 듯했다.

더 큰 문제는 코디 벨린저 다음에 등장하는 5번 타자 무키 베츠였다.

코디 벨린저가 아직 나이 어린 천재형 타자라면 무키 베츠는 7년 동안 올스타급 성적을 매년 찍어 내는 괴물이었다.

'투수도 괴물이고 타자들도 괴물이고. 새삼 부럽긴 부럽네.'

지구 우승은 가볍게 해낼 수 있는 전력이 부럽긴 했다.

하지만 자신은 시카고 컵스를 선택했고, 지금은 컵스를 위해 던져야 한다.

그러기 위해서는 타석에 올라오는 괴물들을 연달아 상대해야 했다.

"볼!"

탐색을 위해 던진 커브는 존 바깥쪽으로 휘어져 나갔다.

하지만 벨린저는 전혀 반응하지 않고 가만히 서 있었다.

'벨린저는 극단적인 어퍼 스윙이면서도 삼진률이 낮고 볼넷을 많이 얻어 내는 유형이지. 아까도 느꼈지만 정말 까다로운데.'

키가 197센티미터나 되기에 100킬로그램에 가까운 몸무게여도 무척 슬림한 몸이었다.

저 안에 근육이 꽉꽉 들어차 있을 걸 상상하니 숨이 턱 막혀 왔다.

뒤를 흘끔 돌아보니 데이비드 로스 감독의 시프트 지시로 3루수가 유격수 자리 부근까지 와 있었다.

벨린저의 타구는 대부분 중견수와 우익수 쪽으로 가는 극단적인 유형을 보인다.

그걸 대비한 수비 배치였다.

아까도 이런 수비 배치 덕분에 중견수 플라이로 아웃시킬 수 있었다.

벨린저를 상대로 커쇼를 면서 슬라이더와 커브만으로 승부를 보는 건 무리였다.

본래의 스타일로 돌아온 이상진의 공이 힘차게 조나단의 미트를 파고들었다.

"스트라이크!"

이번에는 99마일로 표시된 포심 패스트볼이었다.

스트라이크존 바깥쪽으로 날아온 위력적인 공에 벨린저도 살짝 움찔했다.

게다가 위력적인 포심은 오늘 경기에서 처음 던진 공이기도 했다.

'다시 본래의 스타일로 돌아간 걸까?'

벨린저는 방금 전에 본 포심 패스트볼로 이상진이 본래의 스타일로 돌아왔다고 착각했다.

그래서 이번에는 포심, 혹은 투심으로 던질 거라고 생각했다.

"스트라이크!"

하지만 이상진은 여전히 얄미운 상대였다.

99마일의 포심 패스트볼은 그저 보여 주기였다는 듯 다시 커쇼를 따라 하는 듯한 패턴으로 돌아왔다.

순간적으로 머릿속이 복잡해진 벨린저는 쓴웃음을 지으면서 배트를 고쳐 쥐었다.

'심리전이 매우 뛰어난 투수라는 건 알고 있었지만 연타석으로 당해 보니 미치겠네.'

이상진의 심리전에 대해서는 이야기를 많이 들었다.

그런데 지난 타석에 이어서 이번 타석에서도 슬금슬금 던지는 미끼를 물다 보니 어처구니가 없었다.

그리고 동시에 상대 투수에 대한 존경심이 피어올랐다.

"볼!"

이번에는 아슬아슬하게 흘려보냈다.

하지만 심판이 스트라이크로 잡아 줘도 할 말이 없을 정도로 존의 경계에 걸쳐 있는 공이었다.

벨린저의 입에서는 감탄이 절로 튀어나왔다.

"직접 맞붙어 보니 메이저리그 정상급이라는 말이 헛소문인 건 아니었나 보네."

옆에서 그 말을 들은 조나단은 쓴웃음을 지었다.

이상진이 메이저리그 정상급이라는 말은 틀렸다.

왜냐하면 그는…….

'메이저리그 최정상급이니까.'

조나단이 공인하는 메이저리그 최정상급 투수의 공이 미트를 향해 날아갔다.

95마일의 투심 패스트볼은 아슬아슬하게 벨린저의 배트를 지나쳤다.

"스트라이크! 타자 아웃!"

벨린저를 삼진으로 잡아낸 이상진이 주먹을 불끈 쥐는 그때, 낯익은 시스템 창이 눈앞에 떠올랐다.

[시스템이 재가동됩니다.]

눈을 부릅뜬 상진에게 다른 시스템 알림 창이 연달아 떠올랐다.

[시스템의 일부 기능이 재가동되었습니다.]

[스테이터스 시스템의 재가동에 실패했습니다.]

[시스템을 재가동하려면 3천 포인트가 필요합니다.]

시스템의 부활을 알리는 신호였다.

일부라도 살아났다는 메세지를 확인한 상진은 두 배로 환호하면서 동시에 이맛살을 찌푸렸다.

"아오, 벨린저 잡은 거는 좀 쳐 주지."

몇 포인트가 되는지는 몰라도 짭짤할 텐데.

상진은 아쉬움에 입맛을 다시며 이어서 타석에 올라오는 무키 베츠를 바라봤다.

[상대방의 포식 포인트가 표시됩니다.]

[타자의 포인트는 234입니다.]

벨린저 못지않은 괴물 타자가 연이어 등장했다.

그래도 오랜만에 다시 등장한 시스템 창을 보며 상진은 미소를 지었다.

벨린저도 잡아낸 마당에 무키 베츠도 잡아내지 못할 이유는 없었다.

그리고 커쇼를 따라 하는 것도 그만둔 이상 이제 괜히 힘을 아낄 필요도 없었다.

"스트라이크!"

99마일의 포심 패스트볼을 몸 쪽 깊숙이 꽂아 넣으며 상진은 입가에 미소를 지었다.

그건 사냥감을 바라보는 포식자의 미소였다.

*   *   *

아무리 그래도 다저스의 타선은 손쉬운 상대가 아니었다.

이상진은 벨린저 다음으로 이어진 무키 베츠와의 승부에서도 8구나 가는 승부를 벌여야 했다.

물론 중견수 플라이로 아웃시키기는 했다.

하지만 타순이 두 번째 돌자 공에 배트를 갖다 대는 비율이 눈에 띄게 늘어났다.

"와아아아아아아!"

다저스의 관중석은 일제히 침묵했고 컵스의 벤치는 열광했다.

카일 슈와버는 타구가 좌익수와 중견수 사이를 총알같이 꿰뚫자 3루까지 죽어라 내달렸다.

오늘 두 번의 타석에서 연달아 삼진을 당했던 그가 드디어 커쇼의 공을 때려 냈다.

그리고 다음 타석은 조나단이었다.

가볍게 몸을 푼 그는 배트를 붙잡고 타석에 섰다.

'초구는 슬라이더, 2구는 패스트볼이 올 거야.'

'코스는?'

'그거야 나도 모르지.'

이상진은 어떤 구종이 날아올지 대략적으로 알려줬다.

아까 타석에서도 들었지만 하나도 틀리지 않았다.

문제는 바로 자신의 콘택트 능력.

'이번에는 치고 만다.'

커쇼의 공은 오늘 두 번이나 되는 타석에서 질리도록 봤다.

슬라이더가 어느 정도나 휘어지는지도 확인했고 어떤 코스를 주로 좋아하는지도 대충이나마 파악했다.

이건 경기 전에 데이터를 통해 알 수 있는 것과 별개로 타석에 서서 투수와 마주했을 때만 알 수 있는 영역의 감각이었다.

"스트라이크!"

초구는 슬라이더였다.

바깥쪽으로 휘어져 나가는 슬라이더를 바라보면서 조나단은 배트를 꽉 쥐었다.

이상진의 말대로라면 2구는 패스트볼로 들어온다.

문제는 바깥쪽이냐, 아니면 몸 쪽이냐였다.

혹은 높게 들어올 수도 있지만 그동안 봐 온 커쇼는 좌우 로

케이션을 이용할지언정 위아래로의 낙차를 이용하는 공은 잘 던지지 않았다.

'확률은 50퍼센트.'

어느 쪽인지 정한 조나단은 커쇼의 손을 유심히 바라봤다.

왼손에 쥐어진 공이 손에서 떠나는 순간, 패스트볼의 그립임을 발견한 조나단은 미리 정해 둔 코스에 배트를 휘둘렀다.

따악!

―큽니다! 조나단 선수의 타구가 높이 솟구칩니다!

―넘어가나? 넘어가나? 넘어갑니다! 조나단 루크로이의 투런 홈런!

―올해 전성기 못지않은 모습을 보여 주면서도 유일한 지적이 바로 홈런이었는데 바로 이곳! 다저스타디움에서 클레이튼 커쇼를 상대로 홈런을 때려 냅니다!

투수 이상진이 몇 개나 되는 밑밥을 깔아놓으며 시작한 커쇼 무너뜨리기.

그 성과가 빛을 발하기 시작한 순간이었다.

그리고 다음에 등장한 건 이상진이었다.

"스트라이크! 아웃!"

물론 완전하지 않은 상태에서는 무리였다.

*　　　　*　　　　*

클레이튼 커쇼가 교체되자 승부의 균형은 단숨에 기울어졌다.

컵스의 타선은 6회와 7회에 1점씩 뽑아내며 4 대 0으로 앞서나가기 시작했다.

"꽤 지치는데?"

7회 말을 끝내고 벤치로 들어오던 조나단은 이상진의 이마에 송골송골 맺혀 있는 땀방울을 보고 깜짝 놀랐다.

여태까지 완봉을 몇 번이나 해오면서도 이상진은 한 번도 힘든 내색을 한 적이 없었다.

그런데 오늘 이상진의 얼굴에는 짙은 피로감이 떠올라 있었다.

"수준이 다르니까."

"이제 100구가 막 됐는데도 마치 15이닝은 뛴 것 같은 기분이야."

타선이 탄탄한 다저스 상대였기에 그만큼 피로도가 더했다.

고개를 절레절레 저으면서 상진은 기지개를 켰다.

"으어어어! 그래도 정말 다행이야. 7회에는 점수를 내주는 줄 알았단 말이지."

6회에는 안타 하나로 틀어막았지만 7회 말에 연속으로 안타를 맞으며 1사 1, 3루의 위기를 맞이하기도 했다.

다행히 병살타로 막아 냈어도 다저스 타선에 대해서 감탄을 금치 못했다.

세계적인 선수들이 모이는 메이저리그.

그 안에서도 그들은 특별했다.

"월드시리즈에 간다면 다저스는 분명히 골치 아픈 상대일 거야."

"음? 아아. 월드시리즈는 특별히 걱정하지 않아."

"어째서?"

"포스트 시즌만 되면 LA 다저스는 징크스가 있잖아?"

가을만 되면 바보가 되는 징크스.

그걸 떠올린 조나단은 웃음을 터뜨렸다.

"커쇼도 가을만 되면 영 딴사람이 된 것 같았지."

"올해는 다를진 몰라도 우선 가을의 다저스는 고려 대상이 아니야. 그러니 일단 지금 짓밟아 봐야지."

오늘의 패배로 다저스의 기세가 꺾일지는 알 수 없었다.

하지만 적어도 12연승을 달리던 기세는 한풀 움츠러들 것은 분명했다.

무엇보다 기쁜 건 오늘 로스앤젤레스에 있는 한인 교포들에게 이상진이라는 이름 세 글자를 확실하게 각인시킨 점이었다.

*　　　　*　　　　*

이상진의 생각대로 다저스는 연승 행진이 꺾이자 기세가 주춤했다.

물론 승리를 거두지 못하는 건 아니었지만 연승을 거듭하던 그때의 기세로 되돌리기는 힘들었다.

시카고 컵스도 이런저런 부침을 겪기는 했어도 꾸준히 승리를 거두며 지구 1위 자리를 굳건하게 지켜냈다.

하지만 테오 엡스타인 사장의 고심은 나날이 깊어 갔다.

며칠 전에도 연락해 봤고 오늘도 연락해 봤지만 이상진의 에이전트인 신영호라는 사람은 요지부동이었다.

"뭐라고 하지?"

호이어 단장은 한숨을 쉬며 고개를 가로저었다.

"이야기가 통하지 않습니다. 그게 선수의 의사라고 하면서 선수를 설득하지 못한다면 동의해 줄 수 없다고 하더군요."

"젠장. 선수를 설득해 달라고 연락을 한 건데 선수의 의사를 존중한다고 하니 방법이 없군."

이상진과의 계약은 말 그대로 가성비를 보고 적당히 한 계약이었다.

시카고 컵스의 입장에서 적당한 활약을 해 준다면 그럭저럭 써먹을 수 있다는 계산이었다.

그런데 올해 이상진이 보여 준 수준은 월드 클래스였다.

내셔널리그와 아메리칸리그를 통틀어 평균 자책점 1위, 탈삼진 1위, WHIP이나 피안타율 등의 모든 수치에서 1위를 기록하고 있었다.

무엇보다 귀중한 건 바로 피홈런이 0개라는 점이었다.

"그를 이대로 보낼 수는 없습니다."

"하지만 이대로라면 구단의 힘으로 찍어 누르는 것뿐입니다.

그리고 우리는 이미 계약서에 합의를 하지 않았습니까."

제대로 공개되지는 않았어도 위약금만 1백만 달러에 달하는 대형 옵션이었다.

대신에 올림픽 출전을 허가한다면 이상진이 받는 옵션과 연봉 중에 1백만 달러를 삭감한다는 조건도 달려 있었다.

"위약금 1백만 달러와 삭감 예정 1백만 달러라는 기회비용을 차치하고서라도 이상진을 붙잡아 놔야 합니다."

처음 계약할 때만 해도 이상진에 대해 긴가민가했던 호이어 단장은 이미 열렬한 이상진의 신봉자가 되어 있었다.

그는 열띤 목소리로 외쳤다.

"그를 올림픽 기간 동안 도쿄에 보낼 수는 없습니다!"

도쿄 올림픽 야구 경기 일정은 7월 29일에 개막전이 벌어지며, 결승은 8월 8일이다.

이상진이 사전에 소집되어 일본에 가게 된다면 최대 3주까지 컵스의 선발진에 구멍이 생기게 된다.

마이너리그의 유망주나 혹은 로스터에 포함된 다른 투수를 투입할 수는 있다.

하지만 시카고 컵스의 사장 엡스타인은 물론 일반 팬들까지.

모두 한결같이 생각하고 있었다.

"이상진이 컵스의 1선발이다."

그들의 역사를 만들어 온 다른 투수들에게 미안한 일이지만 그들은 진심으로 그렇게 생각하고 있었다.

그래서 올림픽 기간이 다가오면 다가올수록 이상진의 출전 여부에 대한 걱정이 늘어났다.

「이상진의 대한민국 야구 대표 팀 차출 가능성은?」
「옵션으로 결정된 올림픽 출전, 위약금은?」
「정말 가야 하는가, 이상진? 우리는 에이스를 보내고 싶지 않다」

시간이 지나면서 시카고 지역 언론사들이 들고 일어날 정도였다.
물론 이상진의 반응은 무덤덤했다.
"요새 부쩍 기자들이 늘어났네요."
"집 근처에도 많더라. 저게 파파라치라는 거냐?"
단숨에 유명세를 띠자 집 주변에 잠복해 있는 기자들이 하나둘씩 늘어났다.
개중에는 카메라 렌즈로 집 안까지 들여다보는 기자들도 있었다.
미국에서 어떤 식의 취재를 하는지는 익히 들어서 알고 있었지만 실제로 당해 보니 유명인들이 어째서 노이로제에 걸리는지 알 것 같았다.
"그래서 몇 명이나 있어요?"
"스물여섯 명. 같은 회사에서 나온 것 같은 사람도 있고 아닌 사람도 있고."
"어제 벨을 눌렀던 사람도 기자죠?"

"인터뷰를 하고 싶다고 했는데 내가 거절했지."

생각했던 것 이상의 인기였다.

커튼을 치고 침대에 누운 상진은 기지개를 켜며 늘어졌다.

"다른 선수들도 잘하는데 왜 유독 저한테 달라붙는지 모르 겠네요."

"그거야 너는 아직 충분히 노출되지 않았으니까."

미국에 온 지 아직 반년도 되지 않았고 컵스의 에이스로 확고하게 군림하기 시작한 건 채 두 달도 되지 않았다.

이미 파헤쳐질 대로 파헤쳐진 다른 메이저리거들과 다르게 이상진은 아직 까도 까도 기삿거리로 만들 만한 소재가 남아 있었다.

"하여튼 언론들이 난리 피우는 건 한국보다 미국이 더하네 요."

"그런데 엡스타인 사장이 더 난리더라."

"올림픽 때문이겠죠."

"그쪽에서는 백만 달러라는 위약금을 감당할 생각인가 보던 데?"

그 말에 상진은 눈을 동그랗게 떴다.

올림픽 출전이 성사되지 않는다면 백만 달러라는 위약금을 걸어 놓은 건 합의된 사항이었다.

그런데 그걸 감당할 생각이라니.

"사치세가 두렵지도 않은가 봐요?"

"내 말이 그 말이야. 너를 설득해 보라던데?"

"그래서 설득하려고요?"

"그럴 리가. 나는 네 의사를 존중한다면서 나를 설득하려면 널 설득하라고 했지."

선수를 설득하기 위해서 에이전트를 설득하려고 했는데 오히려 에이전트는 선수를 설득해 오라고 말했다.

상진은 모순된 상황에 킥킥거리며 웃고는 한정 가동 중인 시스템을 만지작거렸다.

"그나저나 엡스타인 사장은 통이 참 크네요. 백만 달러라는 위약금을 선뜻 물고서라도 저를 붙잡으려고 하다니."

무려 12억이나 되는 금액이다.

아무리 시카고 컵스가 씀씀이를 줄여서 사치세를 피했다고 해도 아슬아슬했다.

그 정도 금액이 나가게 된다면 단숨에 사치세를 낼 수밖에 없다.

"그런데 네가 올림픽 다녀온다고 해서 큰 차이는 없지 않냐?"

"차이가 없다뇨. 당연히 큰 차이가 있죠."

"어떤 건데?"

"이를 테면 제 개인적인 문제로는 시차 적응이라든가, 혹은 몸 상태를 들 수 있겠죠. 하지만 팀의 입장에서는 조금 달라요."

시카고 컵스의 입장에서는 확실한 필승 카드를 떠나보내야 한다는 사실을 감당해야 했다.

지구 2위인 세인트루이스 카디널스와는 2승 차이였고 3위인 밀워키 브루어스와는 4승밖에 차이 나지 않았다.

이런 상황에서 필승 카드가 사라진다면 3주 동안 상황이 어떻게 변할지 아무도 알 수 없었다.

"엡스타인 사장은 자신이 떠나기 전에 한 번이라도 더 우승하려고 해요. 사실 올해를 염두에 둔 건 아니었겠죠."

"하지만 네 존재가 그 생각을 바꾸게 만들었겠지."

"덕분에 위약금을 감당하겠다는 얼토당토하지 않은 생각을 해낼 정도가 됐겠죠."

우승을 목표로 잡은 이상 노리는 건 와일드카드가 아니라 지구 우승이었다.

사실 상진도 조금 아슬아슬하다고 느끼고는 있었다.

투수 한 명의 힘으로 휘젓기에는 메이저리그의 판은 너무 컸다.

"타격만 돌아온다면 좀 해 볼 만한데."

시스템을 잃어버린 건 투수로서의 능력에 아무런 영향이 없었다.

하지만 타자로서의 능력을 키우는 데는 절대적인 문제였다.

훈련을 통해 능력이 얼마나 올라갔는지 확인할 수 없을뿐더러 코인을 사용해서 능력치를 올리는 것도 불가능했다.

"타격 능력이 갖춰지면 오타니처럼 이도류라도 해 보게? 아서라. 그놈이 그러다가 망한 건 잘 알잖냐?"

영호는 손사래를 치면서 만류했다.

일본에서도 혹사 논란이 있기에 그 여파일 수도 있겠지만 오타니는 메이저리그에서 기대만큼의 성적을 거두지 못했다.

투수와 타자로서 거둔 성적은 그나마 메이저리거라는 이름에 먹칠하지 않을 수준이었다.

"네 체력도 무한한 건 아니야. 네가 경기에 많이 개입하면 할수록 네 체력적 부담은 더욱 심해질 거다."

체력이 소진되면 투수로서의 경기 운영에도 영향을 받게 된다.

두 마리 토끼를 잡으려고 하다가 둘 다 놓치게 된다면 좋아할 건 같은 지구의 다른 팀들이다.

"죽 쒀서 개 주는 꼴이 되는 건 피하고 싶은데요."

그래도 이상진은 웃고 있었다.

"제가 오타니는 아니잖아요?"

"에라이, 자슥아."

너무 자신만만한 상진의 표정에 영호는 한심하다는 듯 헛웃음을 터뜨릴 뿐이었다.

*   *   *

다저스와의 경기 다음에 이어진 이상진의 등판은 애틀란타 브레이브스와의 홈경기였다.

지난번 경기와 크게 다르지 않은 양상이었다.

이상진은 던지고 컵스의 타선은 쳤으며 애틀란타는 점수를 내지 못했다.

그리고 팬들은 환호했고 구단 관계자들도 환호했다.

"스트라이크! 아웃!"

4회 초 애틀란타의 공격을 손쉽게 막아 낸 상진은 가볍게 몸을 풀며 마운드에서 내려갔다.

다저스 때 코디 벨린저나 무키 베츠를 상대하며 하도 고생해서 그런지 애틀란타의 타선은 상대적으로 쉽게 느껴졌다.

"어우, 또 안타를 맞았네. 노히트가 깨졌어."

4회 초에 어쩌다 보니 안타를 하나 맞았다.

다음에 바로 병살타로 갚아 주기는 했어도 안타 하나가 아쉬웠다.

"설마 노히트를 노렸던 거냐?"

"노히트도 노히트인데 퍼펙트도 노려 봤거든."

"미친놈. 메이저리그에 와서 그런 말을 쉽게 꺼내는 건 너뿐일 거다."

조나단은 투덜거리면서 배트를 챙겼다.

아까 3회에 빅 이닝을 만들어 내며 단숨에 7점을 뽑아낸 시카고 컵스는 무척이나 여유로웠다.

더불어 이상진을 더 여유롭게 만드는 건 시스템 메시지 때문이었다.

[시스템 재가동에 필요한 포인트가 충족되었습니다.]

[시스템을 재가동합니다.]

[시스템이 재가동되었습니다.]

드디어 시스템이 부활했다.

모든 기능이 부활하자 숨이 턱 막힐 것만 같았던 가슴이 탁 트이는 기분이었다.

시스템 창을 열어 보니 예전과 다를 것 없는 스테이터스 표시가 상진을 맞이했다.

'그래도 코인은 늘어나지 않았네.'

그동안 손해 본 게 하나 있다면 시스템이 정지된 동안에는 포인트를 획득하지 못했단 사실이었다.

그리고 시스템의 재가동을 위해 모은 3천 포인트도 이에 포함되지 않았다.

그래도 잃어버렸던 걸 다시 되찾았다는 건 무척이나 반가웠다.

"미스터 리! 타석에 나갈 준비 해야지!"

이번 타석은 8번인 조나단부터 시작이어서 9번인 자신으로 바로 이어진다.

감독의 말에 대답하며 상진은 시스템에 표시된 스테이터스를 확인해 봤다.

[사용자: 이상진(타자)]
―콘택트: 39
―파워: 46
―주루: 50
―수비: 93
―선구안: 82

—보유 스킬(타격): 손 가는 대로 만든다, 엄마의 손맛

—남은 코인: 6

오랜만에 돌아온 시스템의 감각을 느끼면서 대기 타석으로 나가던 상진은 벤치로 돌아오는 조나단을 발견하고 황당한 얼굴이 됐다.

"뭐야, 왜 이렇게 빨리 와?"

"초구에 냅다 휘둘렀는데 내야수 플라이 아웃이었어."

"푸하하, 그러니까 안 되는 거지. 아까 두 번이나 쳤으니까 세 번째 타석에선 조심했어야지."

"너는 오늘 한 번도 안타를 못 쳤으면 입이나 다물어."

오늘 컵스의 타선에서 유일하게 무안타인 게 이상진이었다.

그래도 오늘은 편하게 야구할 수 있게 됐기에 상진은 어깨를 으쓱하며 타석으로 나아갔다.

지금 애틀란타의 마운드를 지키고 있는 건 교체되어 투입된 루크 잭슨이었다.

선발을 포함해서 벌써 세 번째 투수가 올라온 애틀란타는 이미 만신창이였다.

그렇다고 동정을 베풀어 줄 이유는 없었다.

이곳은 메이저리그.

확실하게 잡아먹지 못하면 다음에 잡아먹힐지 모르는 약육강식의 세계였다.

"파울!"

이상진의 스윙에 초구는 포수 뒤로 넘어갔다.

그는 날아간 공을 돌아보며 휘파람을 불고 다시 배트를 고쳐 쥐었다.

[손 가는 대로 만든다 스킬을 발동합니다.]

[엄마의 손맛 스킬을 발동합니다.]

투수가 타석에 서면 쉽게 보이는 일이 많다.

특히 한국 프로 야구 같은 경우는 투수가 한참 동안이나 타석에 설 일이 없다 보니 타격에 대해서는 아예 기대하지 않기도 했다.

'그래도 얕잡아 보면 곤란하지.'

웬만한 투수들은 고등학교 때까지 한가락 하는 선수들이었다.

특히 고등학교 때의 에이스 투수들은 늘 그렇듯 투타를 겸하며 혹사에 가까운 취급을 받아야 했다.

이상진도 딱히 다를 바 없었다.

'이런 건 감을 잡으면 어느 정도는 된다고.'

안 그래도 시스템이 없던 동안에 연달아 타석에 서게 되면서 시스템이 아닌 감으로 상대하는 법을 익혀 왔다.

그런데 시스템까지 다시 되찾았으니 겁날 건 아무것도 없었다.

'지난번에 상대했던 커쇼의 공과 비교한다면 네 공은 아무것도 아니야.'

클레이튼 커쇼의 무시무시한 슬라이더에 비하면 루크 잭슨이 던지는 슬라이더는 너무 밋밋해 보였다.

바깥쪽으로 휘어진다고 해도 예리하지 못한 슬라이더를 향해 상진은 힘차게 배트를 휘둘렀다.

따악!

경쾌한 소리와 함께 상진의 타구는 1루와 2루수 사이를 꿰뚫었다.

순식간에 1루에 안착한 상진은 어깨를 으쓱거리며 1루에서 환호하는 홈 관중들을 향해 손을 흔들어 주었다.

＊　　　＊　　　＊

오늘은 시카고 컵스의 홈경기.

홈경기가 벌어질 때는 늘 그렇지만 엡스타인 사장과 호이어 단장이 경기를 관람했다.

특히 그들은 이상진의 경기를 놓치지 않고 지켜봤다.

미리 잡혀 있는 스케줄이 있다면 일부러 미루고서라도 꼭 지켜봤다.

"역시 이상진은 대단합니다."

"정말 잘 던진단 말이지."

너무나 압도적인 투구는 전성기의 그렉 매덕스, 그 이상을 상상하게 만들었다.

"이렇게 리그를 초토화시킬 수 있는 에이스 투수를 가지고 있단 사실이 자랑스러운 건 정말 오랜만이네."

자신이 여러 구단에서 여태까지 영입했던 선수들 중에 망설이지 않고 최고로 손꼽을 수 있었다.

그리고 저런 선수를 짧게는 2주, 길게 한 달까지 못 본다는 사실은 견딜 수 없었다.

엡스타인 사장은 혀를 차면서 고개를 절레절레 흔들었다.

"저러는 걸 보면 더욱 올림픽에 보내고 싶지 않아."

"저도 그리 생각합니다. 하지만 위약금이 좀 크기도 하고 무엇보다 선수 본인의 의지가 너무 강합니다."

"그러면 이상진 본인을 설득해야겠지."

올림픽에 보낸다면 팀 차원에서의 손실은 피할 수 없게 된다.

하지만 신영호라는 에이전트도 비협조적으로 나오는 마당이다.

이제는 다른 방법을 써야했다.

"적임자가 딱 하나 있긴 하지."

그는 이상진에 대해서 어느 정도 안다고 자부했다.

그래서 비장의 한 수를 꺼내 들기로 결정했다.

우상의 앞에서

    샌디에이고 파드리스와의 경기에서는 1피안타 1볼넷으로 아깝게 노히트를 놓치고 말았다.

    득점 지원은 여전히 시원찮았지만 5월에 남아 있던 3경기 동안 무실점을 기록하며 2승을 추가했다.

    한 번쯤 해 보고 싶었던 노히트노런이나 퍼펙트게임은 아직도 먼 것처럼 여겨졌지만 연속으로 무실점을 기록하는 이상진의 행보는 여전히 무시무시했다.

    「5월의 선수 상은 한국인 투수 이상진에게로」

    「평균 자책점, 탈삼진, 이닝 소화까지 완벽한 무결점 투수 미스터리」

「미스테리한 미스터 리, 그의 원동력은 무엇인가?」

「상진 리, 이대로 가면 시즌 중반부터 무너질 수 있다, 관리가 절실」

「연속으로 완봉한 미스터 리, 체력적인 문제는 없는가?」

「정규시즌에 완벽해도 포스트시즌은 모른다, 제2의 커쇼가 될지도 모른다」

인기가 한풀 꺾이긴 했어도 메이저리그는 메이저리그였다.

스타 투수 한 명이 탄생하자 전국적으로 기사화되기 시작했다.

그리고 이상진을 포스팅으로 영입하려 했거나 혹은 트레이드를 시도했던 팀들은 전부 입맛을 다셨다.

특히 지난번 호되게 당한 다저스가 그랬다.

"넌 어떻게 불만이 아닌 적이 없냐?"

"불만이 있어야지 발전이 있잖아요."

영호는 질린다는 표정을 지으며 고개를 절레절레 흔들었다.

그러면서도 상진을 여간 자랑스럽게 여기는 게 아니었다.

상진이 돌려 보는 영상은 총 3가지였다.

하나는 자신이 안타를 맞은 장면이었고 다른 하나는 삼진이 아니라 범타가 된 타구가 나온 장면이었다.

마지막은 그 자신의 타격 장면이었다.

"BABIP이라는 수치가 있죠. 땅볼로 유도를 하든 플라이볼로 유도를 하든, 투수의 손에서 공이 떠났으면 투수가 어찌할

도리가 없다는 이야기도 있었던 수치죠."

"그건 허무맹랑한 소리 아니냐?"

"100퍼센트 허무맹랑한 건 아니죠. 적어도 투수가 통제할 수 없는 수치라는 건 허무맹랑한 소리가 맞지만요."

자신이 마음만 먹는다면 삼진보다 땅볼, 플라이를 유도할 능력이 충분히 있었다.

그걸 아웃으로 연결 짓는 건 온전히 수비를 맡은 야수의 능력이었다.

상진은 같은 팀 야수들의 수비 능력을 인정하고 있었다.

하지만 그것과 별개로 제어할 수 없는 영역도 있었다.

"저는 메이저리그의 수비 능력이 대단하다고 평가하고 있었거든요."

"그런데?"

"메이저리그 타자들의 타구 속도나 주루 능력도 대단해서요. 벌써 10경기를 넘게 치렀는데도 이런 부분에서 감각을 조절하는 건 어려운 일이네요."

잡지 못할 거라고 생각한 타구를 잡는가 하면 1루에 던지면 아웃될 타이밍임에도 뛰어난 주루 능력으로 그걸 세이프로 바꿔 내는 일도 빈번했다.

매일같이 어메이징한 일이 일어나는 곳이 바로 메이저리그.

여태껏 경기 감각을 조절하면서도 이런 걸 보면 확실히 원하는 대로 경기를 끌어가는 건 쉬운 게 아니었다.

게다가 잘 던졌다고 생각해도 가끔 전혀 예상하지 못한 부분에서 자신의 공을 쳐 내는 타자들도 있었다.

"그러면 타격 장면은 왜 보는 건데?"

"저도 여러모로 아쉬운 게 많거든요. 메이저리거의 공을 제대로 치는 건 부족한 건 인정해요. 하지만 그렇다고 해서 손 놓고 바라볼 수만은 없으니까요. 뭐라도 연구를 해야 되지 않겠어요?"

간혹 번트를 대기도 하고 주자가 없거나 2아웃일 때는 힘 있게 휘둘러 보기도 했다.

그렇게 메이저리그의 투수들과 승부해 보며 자신의 타격은 무척이나 부족하단 걸 느꼈다.

여기에서 보완점을 하나라도 찾아낸다면 지난번처럼 점수를 내지 못하고 질질 끄는 일은 줄어들 거라 생각했다.

"너도 참 대단한 녀석이다."

영호는 이제 막 조리를 끝마친 케이준 치킨 샐러드에 소스를 뿌려 상진에게 건네주었다.

영상에서 눈을 떼지 않고 샐러드를 먹기 시작한 상진을 보던 영호는 문득 예전에 했던 말을 떠올렸다.

"설마하니 진짜 이도류 휘둘러 볼 생각이냐?"

"가능하다면 해야죠."

"체력 부담이 엄청날 거라니까 이놈이 말을 안 듣네."

영호는 투덜거리면서도 더 말리지 않았다.

예전부터 기상천외한 일을 서슴지 않고 벌여 온 이상진이었다.

이번에도 뭔가 해결 방법을 찾아내지 않을까, 하는 기대감도 있었다.

그때 문득 영호는 한국에서 있었던 일을 떠올렸다.

"너 설마 한국에서 수비할 때 잠깐 뛰었던 것도 그걸 가늠해 보려고 했던 거냐?"

"그때 그건 포지션적으로 어쩔 수 없어서 땜빵이었던 거죠. 솔직히 잘될 거라고는 생각하진 않았는데 잘 풀렸던 거고요. 솔직히 이도류를 한다면 내셔널리그에서는 무리겠죠."

투수가 타석에 서야 하는 내셔널리그인 만큼 아메리칸 리그처럼 지명타자로 타석에 설 수는 없는 노릇이다.

그럴 경우 내야나 외야 포지션 중 하나를 잡고 뛰어야 했다.

"일단 그때 한국에서도 수비 역할에 집중하는 건 힘들었어요. 그나마 마음 편하게 할 수 있는 건 외야수겠죠."

"그래서 외야수로 하려고?"

"아무런 준비도 되지 않은 상태에서 투입되는 건 민폐예요. 그러니까 우선은 제가 등판하는 경기에서 타율을 올려야겠죠."

이번 시즌을 준비하면서 투수로서의 준비, 그리고 타자로서의 준비는 해 뒀다.

하지만 야수 포지션에서 하는 수비에 대해서는 아무런 준비가 되지 않았다.

이런 상황에서 억지로 수비를 하는 건 실책으로 이어지고 팀에도 민폐가 된다.

그래서 무리하게 야수로 출전하는 일은 이야기조차 꺼내지
않았다.

"오타니 쇼헤이는 아메리칸 리그 소속이라 자유롭겠지만 저
는 그렇지가 않거든요."

오타니 쇼헤이도 아메리칸 리그인 LA 에인절스 소속이었기
에 지명타자로 출전이 가능했다.

그럴 수 없는 자신은 타석에 설 수밖에 없는 상황에서의 타
율을 끌어올려려 했다.

"무엇보다 저는 투수예요."

자신이 등판하는 경기에 대한 영향력을 키우는 일이 최선이
었다.

다른 건 그다음이었다.

＊　　　　＊　　　　＊

6월 3일 시카고 컵스의 홈 리글리 필드에서 열린 볼티모어
오리올스와의 경기는 평일임에도 엄청난 관중이 몰려왔다.

경기가 오후 7시 5분에 시작하는데 이미 두 시간 전부터 관
중들은 경기장 바깥부터 북적거렸다.

그리고 오늘은 북적거리는 이유가 하나 더 있었다.

차에서 막 내린 남자를 발견한 사람들은 모두 깜짝 놀랐다.

"와! 실물은 처음 봤어!"

"저 사람이야?"

직접 본 사람도 많지만 그와 비교될 정도로 실물을 보지 못한 사람이 더욱 많은 사람.

혹은 레전드라고 불리는 사람이었다.

경기가 시작되기 전에 등장한 그 남자는 고개를 두리번거리다가 뭔가 떠올렸다는 듯 구장 안쪽으로 들어섰다.

시카고 컵스의 보안 요원들은 어딘가 학자같이 생긴 남자를 알아보지 못하고 가로막았다.

"이쪽은 관계자 외 출입 금지 지역입… 헉?"

"아, 죄송합니다. 테오 엡스타인 사장님의 초대를 받고 왔습니다."

"이, 이쪽으로 오시죠. 생각보다 일찍 오셨군요."

"조금 서두르다 보니 일찍 왔습니다."

예정보다 한 시간이나 이른 방문이었다.

그의 얼굴을 확인한 보안 요원들은 반가움 반, 놀라움 반으로 가득 찬 얼굴로 그를 구단 안쪽으로 안내했다.

전 구단 영구결번으로 지정된 재키 로빈슨을 제외하고 시카고 컵스에서 영구결번으로 지정된 여섯 명 중 하나였다.

얼굴을 확인하고도 막아서는 건 결례였다.

남자는 보안 요원들의 안내를 받고 거침없이 안으로 들어간 그는 바로 사장과 단장이 기다리고 있는 단장실로 들어섰다.

그 시간에 시카고 컵스의 선수들은 경기에 대비해서 훈련을 계속하고 있었다.

스프링 트레이닝 기간 동안 수비 시프트 조정과 더불어 땅볼 상황 등에 대비한 상황을 설정해 두고 이뤄졌다.

하지만 본 시즌에 들어온 지금은 그리 심하지 않았다.

시즌 중에 하는 훈련의 강도가 높을수록 선수들의 피로가 쌓여 부상 위험이 높아지기 때문이었다.

"거기 똑바로 못 잡아?"

"네가 똑바로 송구했어야지!"

"뭐야, 이 새끼야!"

"네 손가락이 삐뚤어지니까 공도 삐뚤어져서 날아오잖아!"

그래도 훈련하던 도중에 서로 충돌이 있거나 욕설이 오가기는 했다.

정겨운 훈련장의 모습을 보며 상진은 육포를 뜯었다.

시끌벅적한 훈련장은 언제 봐도 사람 사는 맛이 났다.

"역시 이래야 훈련하는 맛이 나지."

옆에서 이상진과 오늘 주고받을 사인에 대해 논의하던 조나단은 기가 막히다는 듯 웃으며 손을 뻗었다.

물론 육포를 몰래 먹으려던 시도는 사전에 차단당했다.

"어우, 손은 왜 치냐? 그런데 오늘 투심이 좋던데, 그거로 갈 거냐?"

"경기 양상을 봐서."

그런데 어쩐지 모르게 훈련 중인데도 감독의 모습이 보이지 않았다.

몇몇 코치들도 보이지 않았다.

"그런데 감독하고 코치는 어디에 간 거야?"

"글쎄? 듣자 하니 손님이 오는 모양이던데."

"어떤 손님?"

"그거야 나도 모르지. 어차피 우리하고 관계는 없는 이야기 아닐까?"

손님이 왔다고 해 봤자 구단주나 사장, 혹은 단장과 업무상 관계 있는 일로 찾아왔을 것이다.

그런 생각에 조나단도, 이상진도 딱히 관심은 없었다.

그나마 관심을 가질 만한 손님이라면 영구결번이 된 과거의 레전드들 정도였다.

"레전드 선수라도 찾아온 걸까? 라인 샌드버그라든가."

"그러면 선수단을 정비해서라도 맞이했겠지. 영구결번자가 괜히 영구결번이겠어?"

육포를 질겅질겅 씹던 상진은 손을 쓱 닦고 캐치볼을 하러 글러브를 챙겼다.

경기 시작 시간까지 이제 1시간가량 남아 있으니 가볍게 연습이라도 해 둬야 했다.

적당히 어깨를 풀어 줘야 오늘 경기도 수월하게 풀어 나갈 수 있다.

그때 훈련장으로 들어서던 크레이크 드라이버 포수 코치가 상진을 불렀다.

"헤이, 미스터 리, 잠시 괜찮겠어?"

"경기 준비해야 하는데 왜 그래요?"

"만나고 싶어 하는 사람이 있어서 그래."

딱 이야기를 듣자마자 누구인지 알 수 있었다.

아까 구단에 찾아왔다는 손님일 것이다.

짜증스러운 표정을 지으며 얼굴을 구긴 상진은 고개를 가로 저었다.

"난 경기 준비해야 하니까 용건이 있으면 직접 오라고 해요."

"오우!"

크레이크 코치는 어깨를 으쓱거리면서 웃음을 터뜨렸다.

그 웃음의 의미가 무엇인지 알 수 없었던 상진은 고개를 갸웃거렸다.

"왜요?"

"안 오면 후회할걸."

"후회요? 제가 왜요? 절 보고 싶은 VIP라도 온 거 같은데 그럴 거면 로커 룸으로 직접 찾아오든가 하라고 해요."

그때 다른 코치에게서 뭔가 귓속말로 전해들은 조나단도 웃음을 터뜨렸다.

관중석에 미리 와 있던 관중들마저 어리둥절할 정도로 커다란 웃음소리였다.

"넌 또 왜 그래?"

"푸하하핫! 아니야, 아니야. 일단 널 보고 싶어 하는 사람인 건 맞는 거 같긴 하다."

"그러니까 직접 오라고 하라고. 나는 어깨 풀어야 하니까."

"그러면 같이 캐치볼이라도 할까?"

몸을 돌리려던 찰나 문이 열리면서 들려온 목소리에 상진은 다시 짜증스러운 얼굴이 됐다.

하지만 고개를 돌려 그 목소리의 주인공이 누구인지 확인한 순간, 이상진의 얼굴이 확 굳어 버렸다.

"엑?"

"우리는 처음 보는 건가? 서로 영상으로는 많이 봤을 텐데 이렇게 직접 보니까 생각보다 어려 보이는군."

운동선수라고 하기에는 어딘가 모르게 중후한 분위기에 오히려 대학 교수 같은 얼굴이었다.

50대 중반에 접어들어 나잇살도 쪄서 인상도 동글동글해졌다.

하지만 전혀 모를 수 없는 얼굴이었다.

영상으로 수백 수천 수만 번이나 돌려 봤던 얼굴이었다.

그의 폼을 따라 하고 싶어서 몇 년이나 연구했었다.

중학교, 고등학교 때의 우상이자 언제나 우러러봤던 메이저 리그의 영웅이었다.

"마스터? 매덕스?"

"예스, 미스터 리."

상진의 눈앞에 나타난 건 바로 그렉 매덕스.

오랫동안 마음속에 품고 있었던 그의 우상이었다.

언제나 그렇듯 영구결번으로 지정된 전설적인 선수의 방문은 구단 입장에서는 환영할 일이었다.

그게 오늘처럼 급작스럽게 잡은 일정이라고 해도 변함없었다.

단장실에 들어간 매덕스는 엡스타인 사장과 호이어 단장, 그리고 데이비드 로스 감독의 환대를 받았다.

"오랜만입니다, 마스터."

"그런 별명을 아직도 들을 줄은 몰랐군요, 엡스타인 사장님."

정중하면서도 절도 있는 몸동작과 태도는 그가 어째서 메이저리그에서 장수할 수 있었는지 보여 주고 있었다.

50대 중반이라 나잇살은 어쩔 수 없더라도 아직 탄탄한 몸을 자랑하고 있었다.

"리글리 필드에 자주 오신다는 이야기는 들었습니다. 이야기를 해 주시면 좋은 자리를 미리 내드릴 텐데요."

"굳이 그럴 필요가 있을까요? 저는 이미 은퇴했고 공식 석상이 아닌 곳에서는 그저 메이저리그와 컵스의 팬으로 야구를 즐기고 싶을 뿐이니까요."

그래도 너무 유명인이라 관중석에 들어서면 곤란한 일이 많기는 했다.

물론 그런 분위기에 다들 열광하는 것일 테지만.

그는 생각보다 소탈하고 자유분방한 성격이었다.

"그런데 웬일로 저를 다 찾았습니까?"

"부탁드릴 게 있어서 그렇습니다."

"지난번에 들었던 이야기인가 보군요."

매덕스는 이미 이상진에 대한 이야기를 한 차례 들은 적이 있었다.

그 이전에 컵스의 투수로 그를 추천한 게 바로 매덕스였다.

"그를 설득하기가 만만찮습니다."

올림픽에 출전하지 않게 만들기 위해 별짓을 다해 봤지만 이상진의 마음을 돌릴 수 없었다.

그렇다고 에이스 투수를 한 달 가까이 보낼 수는 없었다.

여론도 그를 어떻게 해서라도 붙잡으라는 이야기를 할 정도였다.

"한국 대표 팀에서는 그를 어떻게 할 생각이랍니까?"

"그가 꼭 필요하다는 입장이더군요."

어깨와 팔꿈치, 고관절까지 수술해서 만신창이가 되었던 이상진은 이미 군대를 면제받았다.

대한민국 출신의 야구 선수들은 올림픽이나 아시안게임에서 금메달을 따거나 혹은 이상진처럼 수술을 받아 면제 사유가된다면 굳이 국가대표 팀에 추가 차출되는 걸 원하지 않았다.

그래서 바득바득 출전하려고 하는 그가 더욱 이해가 가지않았다.

"그는 마스터를 무척이나 존경한다고 하더군요."

"저를 말입니까?"

"투구 폼이나 매커니즘 같은 걸 보고 공부했다고 했습니다."

그 말에 그렉 매덕스도 웃으며 고개를 끄덕였다.

그를 추천했던 이유도 그와 비슷한 맥락에서였다.

자신과 무척이나 닮은 폼은 그렇다 쳐도 구속을 자유자재로조절하며 타자의 타이밍을 빼앗는 피칭 스타일은 옛날 자신의모습을 쏙 빼닮았다고 느꼈었다.

"그럼 한번 만나 볼까요?"

*   *   *

경기를 준비하기 위한 캐치볼을 하면서도 상진의 정신은 다른 곳에 팔려 있었다.

설마 그와 이렇게 공을 주고받게 될 줄은 상상도 못 했다.

프로페서, 마스터, 혹은 미친 개(Mad Dog)라고도 불리는 남자가 서 있었다.

그렉 매덕스.

4년 연속 사이 영 상을 수상했으며 시카고 컵스와 애틀랜타 브레이브스, 두 팀에서 모두 영구결번이 된 레전드였다.

그리고 이상진이 가장 존경하고 따라 하고 싶었던 투수이기도 했다.

"왜 그렇게 말이 없나?"

후덕한 인상으로 바뀌었어도 그의 눈빛만은 여전히 살아 있었다.

공을 주고받으며 그가 던지는 말에 상진은 쓴웃음을 지었다.

"이런 경우는 상상해 본 적이 없어서 무척 당황스럽네요."

개인 통산 5천 이닝이라는 무시무시한 이닝 소화력에 337승이라는 엄청난 승수를 쌓은 사나이.

그리고 사이 영 상 4회 연속 수상이라는 빛에 가려져 있는

17년 연속 15승 달성이라는 대기록까지.

시카고 컵스나 애틀란타 브레이브스만이 아닌, 메이저리그의 레전드였다.

언젠가 한 번쯤은 만나고 싶다는 생각은 막연히 해 본 적이 있어도 이렇게 눈앞에 나타나니 어안이 벙벙했다.

"정말 마스터 맞습니까?"

그래서 이런 얼빠진 질문도 튀어나왔다.

이상진은 평소에 냉철하고 침착하며 가끔은 비아냥거린다고 느낄 정도로 냉소적이었다.

그래서 팀 동료들은 이상진이 정신을 못 차리는 광경이 신기하기만 했다.

"그러면 내가 그렉 매덕스가 아니면 누구로 보이나?"

"미스터 매덕스라는 사실은 알고 있습니다만 믿기지가 않아서요."

옆에 있던 조나단은 낄낄거리면서 계속 웃음을 참았다.

그만큼 반쯤 넋이 나간 이상진의 얼빠진 모습은 동료들에게 무척이나 재미있게 느껴졌다.

"여기에는 어쩐 일로 오신 겁니까?"

공을 던지며 질문도 함께 던졌다.

글러브에 들어오는 공의 묵직한 감촉에 살짝 인상을 쓰며 매덕스는 미소를 지었다.

"엡스타인 사장이 자네를 설득해 보라고 하더군."

그 말이 무슨 뜻인지 바로 눈치챈 상진은 살짝 눈썹을 떨었다.

약간 불쾌해하는 상진의 얼굴을 보면서 매덕스는 다시 그에게 공을 던져 주었다.

"올림픽에 출전하려는 이유는 뭔가?"

"그거야 제가 하고 싶어서 하는 겁니다."

"돈이나 명예 같은 것에 관심을 두는 게 아니라?"

고개를 끄덕였다.

돈에 관심을 가졌다면 올림픽 출전은 아무런 의미도 없었다.

굳이 생각한다면 명예겠지만 상진은 그것보다 더 작으면서도 확고한 의지를 가지고 있었다.

"한국은 2009년 베이징 올림픽 때 우승을 차지했습니다."

"그건 기억하고 있긴 하네."

"저는 고등학교 3학년 때 그걸 봤습니다. 저런 선수가 되고 싶다고. 그건 국가대표라는 명예도 아니고 금메달로 받는 연금 때문도 아닙니다."

그 어떤 것에도 관심이 없었다.

"그저 베이징 올림픽 때 봤던 선배 선수들처럼 올림픽 금메달을 따고 싶다는 생각뿐입니다."

그렉 매덕스는 고개를 끄덕이며 온화한 미소를 지었다.

이 선수는 돈에 휘둘릴 선수는 아니었다.

그러니 테오 엡스타인 사장이 이렇게까지 설득에 애를 먹을 수밖에.

"내가 반대한다고 해도 마찬가지인가?"

"저는 당신을 무척이나 존경하고 또 동경했습니다. 언제나 본받고 싶은 선수였죠. 하지만 제 의지는 설령 당신이 아니라 신이 온다고 해도 바꿀 수 없습니다."

공을 주고받으면서 그 안에 담긴 의지도 확인했다.

매덕스는 고개를 끄덕이며 글러브를 벗었다.

"오랜만에 즐거웠네. 그러면 올림픽에서 좋은 성적을 거두길 바라겠네."

"매덕스!"

둘의 대화를 곁에서 듣고 있던 테오 엡스타인이 황급히 끼어들었다.

하지만 매덕스는 머쓱한 얼굴로 고개를 가로저었다.

"나로서는 설득할 수 없습니다."

그는 이상진을 돌아보며 아까 봤던 온화한 미소를 지어 보이고는 다시 고개를 돌려 엡스타인 사장에게 말했다.

"그는 돈이나 명예, 혹은 사람에게 휘둘리지 않습니다. 자신이 세운 목표를 위해서는 무엇이든 버릴 수 있는 사람입니다."

"하지만 우리는 그가 없으면 확실한 필승 카드를 쓸 수 없게 됩니다."

"우리 컵스의 전력이 그것밖에 되지 않습니까?"

그때 매덕스의 바로 옆에 이상진이 섰다.

키도 비슷하고 체구도 비슷한 둘이 서 있자 호이어 단장과 엡스타인 사장은 움찔 놀랐다.

순간 둘이 겹쳐 보였다.

어째서인지 몰라도 둘은 무척이나 다르게 생겼음에도 무척이나 닮아 보였다.

"그런 말이 아닙니다."

"엡스타인 사장님, 우선 저는 계약서에 적혀 있는 내용의 이행을 요구하고 싶습니다."

"그건 위약금을 지불하겠습니다, 미스터 리. 그리고 올림픽 출전을 꼭 해야 하는 건 아니잖습니까?"

어떻게든 말리고 싶은 테오 엡스타인이었지만 방금 한 말에는 흠칫 놀라고 말았다.

주위 선수단은 썩 마뜩잖은 표정이었다.

지금 엡스타인 사장의 말은 실수였다.

그도 그럴 것이 이상진이 빠진다고 해서 시카고 컵스의 전력이 대폭 깎이는 것도 아니었다.

그들은 메이저리거였고 그만한 자신감이 있었기에 어떻게든 스스로 버텨 낼 수 있다고 믿었다.

"저는 동료들을 충분히 믿습니다. 시카고 컵스는 원맨팀이 아니잖습니까?"

"그건 그렇지만……."

"사장님, 이제 그만하시죠."

이번에 나선 건 데이비드 로스 감독이었다.

그도 상황을 지켜보고 있었고 여태까지 일이 어떻게 굴러갔는지 알고도 있었다.

그래서 더 두고 볼 수 없기도 했다.

"미스터 리가 우리 팀에서 압도적인 성적을 내고 있는 건 사실이지만 그가 없어도 우리는 강합니다."

이제는 어쩔 수 없었다.

더 이상 고집을 부렸다가는 선수단의 반발까지 불러일으킬지도 모르는 상황이 되었다.

이 상황에 마지막 쐐기를 박은 건 이상진이었다.

"엡스타인 사장님."

"후우, 왜 그럽니까, 미스터 리?"

"시카고 컵스는 우승할 겁니다."

상진은 엡스타인이 가장 듣고 싶은 말을 들려주었다.

"내가 그렇게 만들 겁니다."

*　　　　*　　　　*

그렉 매덕스는 메이저리그의 흑역사라고 할 수 있는 약물의 시대에서 그 약물쟁이들을 때려잡던 전설적인 투수였다.

그렇기에 볼티모어 오리올스의 선수들도 의외의 손님이 등장하자 깜짝 놀랐다.

중계 화면에도 카메라맨이 특별히 잡아 줄 정도로 매덕스의 방문은 화젯거리였다.

"하지만 경기장에 모여 있는 그 누구보다도 기뻐하는 녀석이 하나 있지."

대화를 끝내고 본격적인 경기 준비에 들어간 이상진은 묘한 흥분감에 들떠 있었다.

조나단은 평소보다 훨씬 텐션이 높은 상진이 무리하지 않도록 제어하려 다가갔다.

"리!"

"후우, 왜 그러지?"

그를 부르자 순식간에 표정이 돌변했다.

구름 위에 떠 있는 듯한 표정이 냉정하고 싸늘한 승부사의 얼굴로 바뀌는 걸 발견한 조나단은 쓴웃음을 지었다.

우상이 자신의 경기를 지켜본다는 것도 이 엄청난 녀석을 동요시킬 수 없었다.

그걸 깨달은 조나단은 손사래를 쳤다.

"음, 아무것도 아니야. 슬슬 시작할 시간인데 갈까?"

"벌써 그렇게 됐나?"

"그래서 오늘 목표는 뭐로 정했냐? 20탈삼진이라도 해 볼까?"

"글쎄? 뭐, 나름 부끄럽지 않은 경기를 해야겠지."

순간 욕을 할 뻔했다.

그동안 8, 9이닝을 무실점으로 틀어막는 무적의 투수가 이상진이었다.

그런데 그걸 한순간에 평범하거나 부끄러운 경기로 바꿔 버리다니.

뭐라 항의하려고 했지만 이상진은 벌써 마운드로 향해 발걸음을 옮기고 있었다.

볼티모어 오리올스의 1번 타자는 핸저 알베르토였다.

2018 시즌이 끝나고 텍사스에서 볼티모어로 이적한 그는 작년에 3할 5리의 준수한 타율을 선보이며 테이블 세터로 자리잡았다.

　[상대방의 포식 포인트가 표시됩니다.]

　[타자의 포인트는 184입니다.]

　부활한 시스템의 안내를 받으며 상진은 숨을 골랐다.

　지금 이 경기를 그렉 매덕스가 보고 있다는 사실을 떠올리니 가슴이 두근거렸다.

　그동안은 승리에 무척 집착했었다.

　하지만 오늘만큼은 승부를 즐길 수 있을 것만 같았다.

　'초구는 뭐로 할 거지?'

　사인을 주고받은 후, 상진이 던진 건 포심 패스트볼이었다.

　99마일을 기록하며 날아간 공은 스트라이크존의 바깥쪽 낮은 곳에 틀어박혔다.

　"스트라이크!"

　핸저 알베르토는 입술을 꽉 깨물고 이상진을 노려봤다.

　메이저리그 최정상급이라는 이야기는 귀에 못이 박히도록 들었다.

　눈이 욱신거릴 정도로 그의 영상을 연구해 봤다.

　하지만 영상을 보는 것과 실제로 맞대결하는 건 전혀 달랐다.

　"스트라이크!"

　3구째는 무척이나 몸 쪽에 닿을 듯이 날아왔다.

움찔 놀란 타자는 사사구를 노렸다.

하지만 마치 마술처럼 아슬아슬하게 휘어진 투심 패스트볼은 날카롭게 몸 쪽을 파고들었다.

"스트라이크! 아우웃!"

심판의 경쾌한 아웃 콜과 함께 이상진이 그의 우상에게 보여 주고 싶었던 경기가 시작됐다.

—미스터 리가 2회까지 탈삼진 여섯 개로 이닝을 끝마칩니다!

—오늘도 메이저리그를 폭격하는 미스터 제로의 엄청난 투구! 볼티모어 오리올스의 선수들이 맥을 추지 못합니다!

—오늘따라 어딘가 모르게 엄청나군요. 평소보다도 더 위력적인 투구입니다.

2회까지 투구 수는 21개뿐.

그것만으로도 볼티모어의 타자들을 제압하기에 충분했다.

여섯 명의 타자를 전부 삼진으로 잡아낸 이상진은 숨조차 헐떡이지 않았다.

'괴물 같은 자식. 아직도 더 발전할 여지가 있다고?'

조나단은 이상진의 투구에 혀를 내두르면서도 한편으로는 오싹한 기분이었다.

사람은 자극을 받으면 변한다.

그렉 매덕스가 이상진의 올림픽 출전을 지지해 준 것도 하나의 자극일 터.

"후우, 아직 부족해."

그래서 이런 소리를 하는 상진이 더욱 대단해 보였다.

이 녀석의 향상심에는 끝이 보이질 않았다.

메이저리그 최정상급 성적을 내고 있음에도 더욱 완벽하고자 노력하는 괴물이었다.

'내가 생각보다 더 오래 이 녀석의 공을 잡아 주지 못하는 게 한탄스러울 정도야.'

체력과 몸 상태로 봐서 아마 상진의 계약 기간인 내년까지 함께하는 게 한계일 듯했다.

그래도 최고의 투수와 배터리를 짜고 공을 주고받는다는 게 이렇게까지 즐거운 일일 줄은 몰랐다.

"그래서 컨디션은 어때?"

"너무 좋아서 미칠 것 같아. 빨리 나가서 던지고 싶을 정도야."

손이 근질거렸다.

평소에도 마운드에 오르고 싶어서 안달이 났었지만 오늘은 더했다.

같은 팀의 공격조차도 기다려 주지 못할 정도였다.

그렉 매덕스가 지켜보고 있다.

그동안 우상으로 여겼고 존경했으며 저런 투수가 되고 싶다고 수백 수천 수만 번이나 생각했었다.

그래서 투수가 됐고 메이저리그에 왔다.

"이런 자리가 만들어질 줄은 전혀 상상도 못 했어."

"그거야 사장이 네가 올림픽에 나가지 못하게 하려고 매덕스를 불렀으니까. 우연에 우연이 겹친 거지."

"어찌 됐든 서프라이즈 쇼가 됐다는 거지."

물론 매덕스가 자신의 편을 들게 됐으니 그의 의도는 빗나가 버렸다.

하지만 결과적으로 오늘 이상진이 최고 이상의 투구를 할 수 있는 건 엡스타인 사장 덕분이었다.

"그런데 오리올스는 뭔가 준비해 온 게 없는 걸까?"

"준비해 온 게 없기는. 못 느꼈냐?"

"뭘?"

조나단은 어이없다는 듯 웃으면서 어깨만 으쓱거렸다.

"모르면 됐다. 가끔은 모르는 것도 좋겠지."

볼티모어 오리올스의 선수들은 이상진의 공을 공략하기 위해 갖은 방법을 다 썼다.

배트를 휘두르는 방법이 4번 타자만을 제외하고 1번부터 6번까지 모두 비슷했다.

하나같이 배트를 짧게 잡고 어떻게든 안타를 쳐 내려고 하던 그 모습을 보면서 얼마나 비웃었던가.

"설마 배트 짧게 잡고 안타 쳐서 나가려고 하던 그거 말하는 건가?"

"어? 알고 있었냐?"

"그런 식의 타격이 공략법이면 수도 없이 공략됐겠다."

조나단은 상진의 말에 쓴웃음을 지었다.

그도 그럴 것이 상상할 수 있는 모든 공략법과 대응책이 존재하는 곳이 바로 메이저리그였다.

다만 이상진이 상상 이상의 실력을 가졌을 뿐.

"공격 끝났나 보다. 어서 가자."

2회 말 시카고 컵스는 1점을 내서 미리 득점 지원 하는 데 성공했다.

그리고 이상진이 오늘 경기를 제압하는 데 1점이면 충분했다.

                    *   *   *

"스트라이크! 아웃!"

오늘따라 더욱 상쾌하게 들리는 심판의 아웃 콜과 함께 리글리 필드는 단숨에 폭발했다.

"미스터 리! 리! 미스터 리!"

"Go! Go! Cups!"

─이상진 선수가 아홉 타자 연속으로 삼진을 잡아냅니다!

─마운드에서 타자들을 연달아 사냥하는 데 성공하는 시카고 컵스의 총잡이가 마운드에서 늠름한 모습으로 내려옵니다!

3회까지 올라온 아홉 명의 타자를 모두 삼진으로 잡아낸 이상진에 대한 찬사는 끝없이 울려 퍼졌다.

중계방송도 순간 시청률이 역대 최고치를 기록할 정도였다.

관중들은 열광했고 해설자와 아나운서는 미쳐 날뛰고 있었다.

그리고 오늘 리글리 필드에서 냉정하게 경기를 유심히 보는 남자가 하나 있었다.

"어떻게 생각하십니까?"

"생각하고 말고가 어디에 있겠습니까, 엡스타인 사장."

그렉 매덕스는 이상진의 경기를 보면서 감탄하고 또 감탄했다.

특히 삼진을 연달아 잡아내는 장면에서는 냉정을 잃고 무릎을 탁 칠 뻔했다.

"그동안 중계를 많이 봤지만 오늘은 유독 더 엄청난 투구를 보여 주는군요."

자신이 추천했던 선수였기에 그렉 매덕스는 대학 코치로 일하면서도 틈틈이 상진의 투구를 챙겨 봤다.

그는 메이저리그에 진출하자 프리미어 12에서 봤었을 때보다 훨씬 진보했다.

그런데 그의 조금이나마 투박해 보였던 패턴은 무색무취한, 아무런 특색도 없는 투구로 돌변했다.

'오히려 그런 게 무서운 법이지.'

특징이 있다는 건 어떻게 보자면 약점이 있다는 말과도 같다.

그리고 이상진은 너무나도 뛰어난 능력을 가진 투수였다.

구속, 구위, 던질 수 있는 구종이나 이닝 소화력 등.

모든 수치에서 최상위를 찍는 데다가 너무 완벽할 정도로 성장해 버려서 그게 오히려 인간미조차 느껴지지 않을 정도였다.

"제가 추천했을 때보다 더 성장했군요."

"개인적인 입장으로는 그가 내구도를 증명해 줬으면 좋겠습니다."

"매 경기마다 8이닝은 기본으로 소화해 주는 투수인데도 말입니까?"

"이닝은 이제 걱정하지 않습니다. 저는 내년에 미리 그에게 계약을 제안하려고 합니다."

"얼마나 제안하려고 합니까?"

"8년 3억 달러."

그 말에 그렉 매덕스조차 한순간 숨을 멈출 정도였다.

그만큼 엄청난 액수의 계약이었다.

"그가 돈에 연연하지 않는다는 건 알고 있습니다."

지금의 기량으로 3~4년만 던져 줘도 손해는 아닐 것이다.

엡스타인 사장은 이미 계산을 끝낸 뒤였다.

그리고 그가 시카고 컵스의 레전드로, 더욱 나아가 영구결번으로 남아 줬으면 하는 바람이었다.

"하지만 너무 많은 액수라면 그도 한 번쯤은 고민해 보려 하지 않겠습니까?"

　─안타! 볼티모어 오리올스의 첫 안타가 핸저 알베르토의 손에서 만들어집니다!

　─이건 약간 어거지로 만들어 낸 안타네요. 중견수와 좌익수, 유격수 사이에 떨어집니다.

　─이상진의 퍼펙트 행진이 7회 초에 깨집니다!

　6회까지 탈삼진 14개를 뽑아내며 무시무시한 행보를 보이던 이상진에게도 잠시나마 틈이 생겼다.

　어떻게 보면 야수 셋 사이에 절묘하게 떨어지는 공이어서 어쩔 수 없기도 했다.

　상진은 중견수 앨버트 알모라와 좌익수 이안 햅이 보내는 미안하다는 제스처를 보고 씩 웃으며 괜찮다는 신호를 보냈다.

　2번 타자인 트레이 만치니는 타석에 들어서면서도 긴장한 기색이 역력했다.

　핸저 알베르토가 안타를 치고 무사 1루 상황이 만들어진 게 우연이라고 해도 귀중한 기회였다.

　이상진에게 한 경기에 안타 하나 뽑아내는 일이 얼마나 힘든지 알기에 볼티모어의 벤치에서도 바쁘게 움직였다.

　"스트라이크!"

　하지만 상대는 이상진이었다.

　가볍게 초구부터 스트라이크를 가져가며 카운트를 유리하게 가져갔다.

스트라이크존 구석구석까지 활용하며 공 반 개 차이로 존을 넘나드는 화려한 제구력은 이상진만이 보여 줄 수 있는 기예였다.

"진짜 저걸 어떻게 치지?"

트레이 만치니는 투덜거리면서 배트를 고쳐 쥐었다.

경기 시작 전부터 이상진에 대한 다양한 공략법에 대해 논의했었다.

하지만 결국 나온 건 많이 없었다.

주력 무기인 빠른 패스트볼을 노리며 스트라이크존을 잘 활용하니 배트를 짧게 잡고 최대한 임기응변으로 대응한다.

장타는 잘 허용하지 않으므로 단타를 노리며 타이밍을 잘 빼앗는 지능적인 투수인 만큼 수 싸움에 자신이 없으면 감각적으로 휘둘러라.

'이게 무슨 의미가 있다고.'

순간적으로 어떤 공이 얼마나 빠르게 날아오는지 파악해서 휘둘러라.

결론적으로 말해서 정해진 패턴이나 대응책이 없으니 알아서 잘해 보라는 뜻이었다.

"스트라이크!"

게다가 오늘 이상진은 마치 약이라도 한 듯 미친 듯한 투구를 보여 주고 있었다.

오늘 99마일을 기록한 포심 패스트볼과 94~95마일에서 형성되는 투심과 슬라이더는 타자의 눈을 현혹시키기 충분했다.

무엇보다 문제인 건 완전히 똑같은 폼에서 제각기 다른 구종들이 뻗어 나왔다는 사실이었다.

'게다가 간혹 보이던 구종별 투구 폼의 차이도 없어졌다.'

가끔씩 구종별로 투구 폼이 약간씩 차이를 보이곤 했다.

하지만 그것도 메이저리그에서 몇 경기 지나자 거의 없어지다시피 했다.

결국 구종을 구별할 방법이 없으므로 투구 폼을 읽고 대응하는 것도 힘들어진다.

"아웃!"

"아웃!"

타자 입장에서 투수의 투구에 반박자 늦게 대응할 수밖에 없게 되면 이런 결과밖에 나오지 않는다.

배트를 힘껏 휘둘러 봤지만 아슬아슬하게 배트에 맞은 공은 유격수에게 굴러갔다.

타구가 빨랐어도 가볍게 잡아낸 유격수는 6—4—3으로 이어지는 병살타를 만들어 냈다.

상진은 숨을 고르며 조용히 시스템 창을 바라봤다.

포인트가 쌓이고 쌓이는 광경보다 자꾸 점멸하는 무언가가 있었다.

[〈한계 돌파〉 스킬이 사용 대기 중입니다.]

처음 보는 스킬이었다.

시스템이 복구된 이후에 스테이터스 창을 보는 걸 소홀히 했던 상진에게 있어서 무척이나 생소한 이름이었다.

게다가 평소에 주던 괴상한 이름도 아니었다.

[한계 돌파]

─능력치의 한계를 돌파해 본 자만이 얻는 스킬. 자신의 한계를 돌파할 수 있는 힘을 부여해 준다. 7회 이후부터 사용 가능하다.

설명마저도 무미건조해서 왠지 맥이 빠졌다.

'시스템이 한번 맛이 가더니 이런 것도 맛이 갔나?'

이런 생각이 들 정도로 왠지 맥 빠지는 이름이었다.

하지만 이게 중요한 게 아니었다.

7회 들어서자 뜨기 시작한 발동 대기 중이라는 메시지.

번쩍거리는 버튼이 있으면 눌러 보는 게 남자였다.

[〈한계 돌파〉 스킬을 사용합니다.]

[남은 이닝 동안 체력을 제외한 모든 능력치가 상승합니다.]

[해당 이닝 동안 보유 중인 구종의 등급이 한 단계씩 상승합니다.]

[스킬 해제 후 체력 회복 속도가 12시간 지체됩니다.]

체력적인 페널티는 있으되 능력치를 올려 주는 스킬이었다.

안 그래도 요새 9회까지 무리 없이 던질 수 있게 된 이상진으로서 넘쳐 나는 체력을 다른 곳으로 돌릴 수 있다면 이만한 게 없었다.

　　　　*　　　　　*　　　　　*

　9회 2아웃에 타석에 오른 건 9번이자 볼티모어의 다섯 번째 투수인 마이클 기븐스와 교체되어 대타로 들어온 세드릭 멀린스였다.

　작년에 1할도 되지 않는 타율을 기록했던 그가 타석에 올랐다는 사실은 볼티모어가 승부를 포기했다는 말과도 같았다.

　점수 차이는 고작 1점이었지만 이상진에게서 점수를 빼앗는 건 그 이상으로 불가능하다.

　볼티모어 오리올스의 벤치는 이 사실을 너무나도 잘 알고 있었다.

　"스트라이크!"

　슬라이더가 예리하게 꺾여 바깥쪽으로 휘어져 나갔다.

　투심 패스트볼보다 훨씬 강한 변화에 배트는 맥없이 허공을 가를 뿐이었다.

　어쩔 수 없다는 얼굴로 고개를 떨구는 세드릭 멀린스를 보면서도 이상진은 전혀 방심하지 않았다.

　안타를 하나 맞은 건 어쩔 수 없다.

　하지만 마무리까지 긴장을 풀고 어이없는 모습을 보일 수는 없었다.

　[한계 돌파 스킬이 발동 중입니다.]

　이제 단 하나면 된다.

이것으로 오늘 경기는 끝이 난다.

숨을 고르고 공을 쥔 손에 힘을 더했다.

전력을 다한 투구가 조나단의 미트를 파고들었다.

"스트라이크! 타자 아웃!"

9회에 100마일이나 되는 포심 패스트볼이 스트라이크존 깊숙이 틀어박혔다.

9이닝 동안 27명의 타자를 맞이하여 20탈삼진.

이게 이상진이 그의 우상에게 바치는 오늘의 경기였다.

레전드의 방문과 엄청난 대승에 컵스의 팬들은 환호했다.

무엇보다 지구 2위인 세인트루이스 카디널스가 패배하여 승차는 4승으로 벌어졌다.

하지만 오늘 경기에서 가장 화려한 장면은 경기가 끝난 후에 나왔다.

"정말 대단한 경기였네."

테오 엡스타인 사장과 함께 관람을 한 그렉 매덕스는 그라운드로 내려왔다.

관중들 중 그 누구도 떠나지 않고 기립한 채로 그들의 레전드와 새로운 에이스를 향해 박수를 보냈다.

매덕스는 손을 내밀어 이상진의 손을 붙잡았다.

둘이 악수하자 바로 사방에서 플래시의 섬광과 셔터음이 쏟아졌다.

"칭찬해 주셔서 감사합니다. 그래도 아직 부족합니다."

"노히트나 퍼펙트를 노려 보려고 했나? 그건 잘하다 보면 어느 순간 따라올 테니 기다리면 될 걸세."

"저도 그랬으면 좋겠네요."

한 경기 20탈삼진은 메이저리그 최다 기록과 동률이다.

맥스 슈어저가 2016년에, 조금 더 과거로 간다면 로저 클레멘스가 1986년과 1996년, 케리 우드가 1998년, 랜디 존슨이 2001년에 달성한 대기록이었다.

물론 1913년에 탐 체니가 21탈삼진을 달성한 적이 있지만 그건 연장 16회까지 던진 결과였다.

"하나만 더 삼진을 잡았다면 최다 기록이었을 텐데 말이죠."

9회까지 1이닝이 삼진을 2개씩 잡는다고 해도 18개밖에 되지 않는다.

그만큼 20탈삼진은 대기록이었지만 이상진은 만족하지 않았다.

"그건 욕심인가?"

"자신감이죠."

누군가와 어깨를 나란히 한다는 건 참을 수 없었다.

그것이 아무리 대기록이라도 마찬가지였다.

이상진은 누구보다도 한 발짝 더 앞서고 싶었다.

이상진은 몰랐지만 그가 메이저리그에 와서 쌓은 스테이터스는 팬들에게도 큰 반향을 불러일으키고 있었다.

특히 스트라이크존에 공을 던진 비율은 61.1%에 달할 정도였다.

이건 맥스 슈어저의 50퍼센트대의 비율과 비교하면 10퍼센트 가까이 높은 수치였다.

게다가 결정적으로 볼넷을 적게 주는 것이 도움이 되기도
했다.

"자네의 투구 패턴이 무척이나 공격적이어서 마음에 꼭 들었
네."

이상진은 스트라이크존 안에 공을 넣을 확률이 높았다.

게다가 초구를 존 안에 넣을 확률은 80퍼센트에 육박했다.

그러다 보니 이 수치에 현혹된 선수들은 이상진이 공을 던지
면 대부분 배트를 휘두르게 된다.

하지만 이상진은 그런 타이밍에 꼭 슬라이더나 체인지업으
로 타이밍을 빼앗거나 혹은 존 바깥으로 공을 빼냈다.

"전부 당신을 보고 연구한 덕분이죠."

그렉 매덕스도 그랬다.

존 안에 공격적으로 공을 집어넣는 투구를 했기에 상대 타
자는 참기보다는 적극적으로 배트를 휘둘렀다.

그렇게 되자 존 바깥으로 나가는 공에 배트를 헛스윙하게
됐고 설령 맞는다고 해도 좋은 타구를 만들어 내지 못했다.

그 결과 투구 수도 절약하게 됐으니 일석이조였다.

"올해 목표는 우승이라고 했나?"

"물론입니다."

"쉽지는 않을 걸세."

"그것도 알고 있습니다."

한국 프로 야구는 그것이 어느 정도 가능했다.

하지만 메이저리그는 한 선수의 힘만으로 모든 걸 헤쳐 나갈 수는 없다.

여태까지 겪어 왔던 것과 전혀 다른 세계였다.

"그래도 저는 동료들을 믿고 있습니다. 적어도 그들 역시 우승에 대한 열망이 있다는 건 확인했으니까요."

2016년에 월드시리즈 우승을 차지했어도 그들은 아직 목말라 하고 있었다.

작년에 포스트시즌 진출 실패를 했기에 더욱 그러했다.

"올해 연말에 한 번 더 보도록 하지. 선물도 하나 준비해 줬으면 좋겠네만."

"그날 초대하도록 하죠. 커다란 물건을 선물로 드리겠습니다."

두 사람은 서로 말로 하지 않았다.

하지만 그것이 무엇인지는 둘 다 확실하게 알고 있었다.

월드시리즈 우승컵.

이것이 이상진이 약속한 연말 선물이었다.

몸을 돌려 가려던 그렉 매덕스는 순간 움찔하다가 다시 이상진을 바라봤다.

"왜 그러십니까?"

"하나 깜박한 게 있었다네."

그는 후덕하고 인자한 미소를 지으며 이상진의 어깨를 꽉 끌어안았다.

"10승 축하하네."

                *   *   *

「이상진, 메이저리그 10승 달성」
「역대급 페이스에 메이저리그 긴장, 전반기에만 15승 가능한가」
「슈어저, 디그롬, 게 서거라! 이상진이 간다!」

　미국과 한국 언론에서 이상진의 10승 달성을 입에 침이 마르
도록 떠들어 댔다.
　특히 시카고 지역 언론에서는 이상진의 한국 프로 생활에 대
해 칼럼을 쓰고 부상에서 어떻게 재기에 성공했는지 대서특필
하기도 했다.
　게다가 이상진이 들렀던 음식점은 이상진 스페셜이라는 메
뉴를 만드는 등, 이상진 신드롬이라고 불릴 만한 일들이 벌어지
고 있었다.
　"메이저리그 인기가 죽었다고 하더니, 다 거짓말이었나 보네
요."
　예전에 만들어 뒀던 인터넷 영상 채널이나 SNS 계정의 팔로
워 숫자는 폭발적으로 늘어나고 있었다.
　가장 대단한 건 역시 댓글의 숫자였다.
　영상 채널 같은 경우는 미국 진출하기 직전에 구독자 수가
40만이 조금 안 됐었다.
　하지만 지금은 무려 100만에 가까운 숫자를 기록하고 있었다.

"아무리 다른 스포츠에 밀리고 있어도 메이저리그는 세계적인 무대니까. 그나저나 그렉 매덕스와 만나 본 소감은 어때?"

"그걸 말로 표현할 수 있나요?"

처음 매덕스를 실물로 봤을 때 느낀 당혹스러움.

그다음에 찾아온 놀라움과 반가움, 그리고 기쁨은 말로 표현하기 어려울 정도로 복잡했다.

입 밖으로 어떤 기분인지 말해 보려고 하던 상진은 이내 포기하고 닭다리를 뜯었다.

"그거 생각할 시간에 한 조각이라도 더 먹는 게 이득이 아닐까요."

"하여튼 너답다. 그런데 개인적으로 치킨은 미국보다 한국이 더 맛있는 것 같다. 미국은 어째 죄다 맵고 짜냐."

"그거야 칠리소스를 팍팍 치니까 그렇죠. 치즈도 엄청 들어가 있고."

"내일도 내가 직접 만드는 게 낫겠다. 그런데 요새도 팬들이 먹을 거 자주 주냐?"

미국에서도 식신으로 소문난 이상진에게 음식 선물이 많이 들어왔다.

다만 한국에서의 경험 때문에 섣불리 손을 대지는 못했다.

"받기는 받는데 아무래도 꺼림칙하잖아요."

"하여튼 인종차별주의적인 인간들이 너무 많아서 탈이다. 지난번에 뭔가 이상해서 컵스 쪽에 이야기해 보니 음료수 안에 금지 약물이 섞여 있었더라."

영호는 즉각 구단에 연락했고 컵스 쪽에서도 심각하게 여기면서 아무도 모르게 수사를 요청했다.

일부러 음료수에 금지 약물을 섞어서 선수에게 복용시키려고 하는 행위는 스포츠맨십에 위반될뿐더러 선수에 대한 테러 행위였다.

"그래서 잡았대요?"

"미국은 한국하고 달라. 지문 같은 흔적이 남아 있으니 추적은 해 보겠다는데, 주민등록이나 지문 등록 같은 걸 의무적으로 하는 나라가 아니니까."

그나마 주차장에 있던 CCTV와 블랙박스 영상으로 얼굴은 확보했으니 금방 잡을 수 있을 거라는 이야기는 들었다.

그래도 찝찝한 기분은 어쩔 도리가 없었다.

"그런 얼굴 하지 마라. 이미 한국에서 겪어 봤으니 미국에서도 이런 일이 있을 거라고 생각하지 않았냐?"

"예이예이, 편하게 생각할게요. 이제 입맛은 영호 형한테 완전히 사로잡혔어요."

"시끄럽고 치킨이나 마저 먹자. 식으면 맛없다."

다시 식사를 시작한 영호는 얼마 지나지 않아 다시 입을 열었다.

"국가대표 팀에서도 연락이 왔다. 네가 빨리 합류했으면 좋겠다고 하더라. 이쪽이나 저쪽이나 전부 네가 필요해서 난리인 모양이다."

상진은 쓴웃음을 지었다.

올림픽이 아직 한 달 넘게 남았는데도 이 난리였다.

물론 7월 29일에 개막이고 대표 팀 소집은 그 이전에 이루어진다.

"서로 한 경기라도 더 쓰고 싶어서 안달이네요."

"시카고 컵스가 더 절실하겠지. 물론 일본에서 열리는 대회에서 우승하고 싶은 한국 대표 팀도 마찬가지겠고."

"어찌 됐든 저는 한 경기 한 경기에 집중하고 싶어요."

"일정은 상관없고?"

상진은 씩 웃었다.

"제가 필요한 사람들이 알아서 조율하겠죠."

*　　　　*　　　　*

6월 일정은 더욱 타이트해졌다.

6월 9일에 열린 필라델피아 필리스와의 원정경기에서 승리를 거둔 상진의 다음 일정은 뉴욕 메츠.

그리고 상진은 로테이션상 자신의 상대가 될 가능성이 가장 높은 투수의 이름을 확인하고 미소를 지었다.

"제이콥 디그롬. 이대로 로테이션이 돌면 이자가 너하고 붙겠네."

"기대되는데요."

"젠장, 우리는 기대가 안 돼. 그 자식은 괴물이야."

데뷔한 지 고작 6년 된 투수임에도 벌써부터 명예의 전당 이야기가 나오는 투수였다.

최고 100마일에 달하는 포심 패스트볼을 던질 수 있는 몇 안 되는 투수이기도 했다.

"포심하고 슬라이더만 던져도 칠까 말까 한 놈이라 상상만 해도 갑갑하다."

무엇보다 작년에 유형진을 밀어내고 내셔널리그 사이 영 상을 수상하기까지 한 투수였다.

32경기 11승 8패 평균 자책점 2.43에 204이닝을 소화했다.

그리고 255탈삼진이라는 성적은 경이로울 정도였다.

"올해도 초반에 비틀거리긴 했는데 이제는 정신을 차렸지."

조나단은 고개를 저었고 앤서니 리조도 어쩔 수 없다는 듯 쓴웃음을 지었다.

현재 메이저리그에서 최고의 투수를 꼽으라고 한다면 디그 롭은 한 손에 꼽을 수 있는 특급 투수였다.

"작년에도 후반기에 23이닝 무실점을 기록하기도 했지."

"이봐, 조나단. 나는 어떻지?"

상진의 말에 모여 있던 선수들은 전부 웃음을 터뜨렸다.

올해 미스터 제로라고 불리며 시즌에서도 단 1실점만 기록 하고 있는 무결점 투수가 바로 상진이었다.

원정경기가 이어져도 힘든 기색 하나 없을 정도로 체력적인 우위도 있었다.

"탈삼진 하나 더 못 잡아서 최고 기록 경신하는 걸 못 해낸 얼간이지."

"이런 빌어먹을! 하여튼 넌 남의 아픈 구석을 후벼파는 데는 일인자야."

체력이 좋아서 오래 던질 수 있다면 보다 많은 삼진을 잡아 내는 것도 가능하다.

결국 한 경기 최다 탈삼진을 기록하는 것도 체력이 뒷받침되어야 가능한 일이었다.

21탈삼진을 하지 못했다고 놀리듯 말했지만 이 위업은 그렇게 무시당할 일은 아니었다.

오히려 역사의 한편에 이름을 남겼다는 것을 자랑스러워해야 했다.

"그래도 우리도 한 번쯤은 퍼펙트게임을 만들어 봐야 하지 않겠어?"

한국이나 일본과 다르게 메이저리그에서의 퍼펙트게임은 정의가 달랐다.

한국이나 일본은 투수 한 명이 9이닝까지 피안타 0개, 사사구 0개, 실책으로 인한 출루도 0개로 막아 내야 퍼펙트게임으로 인정이 된다.

하지만 메이저리그는 달랐다.

메이저리그는 9이닝 이상 1루를 밟은 타자가 없다면 여러 명이 막아 내도 퍼펙트게임으로 인정이 된다.

다들 낄낄거리는 가운데 조나단은 짜증스럽다는 듯 뒷머리를 긁으면서 말했다.

"하여튼 다들 무슨 퍼펙트게임을 어디 과일 줍는 것처럼 이야기하네."

"너도 시계 선물을 받고 싶긴 하잖아?"

메이저리그에는 퍼펙트게임을 달성하면 투수가 포수에게 고급 시계를 선물해 주는 관습이 있었다.

특히 2010년에 퍼펙트게임을 달성한 고(故) 로이 할러데이는 고가의 명품 시계를 주문 제작해 코칭스태프와 트레이너 그리고 동료들의 이름을 새겨 선물했다.

퍼펙트게임을 달성한 날짜와 스코어도 기록되어 있었다.

"난 고급 시계에는 별로 흥미가 없어."

"그럼 뭐가 흥미 있는데?"

퍼펙트게임을 달성하고 받는 시계 선물은 분명 달콤하고 영예로울 것이다.

하지만 조나단은 그것보다 탐나는 게 하나 있었다.

"퍼펙트게임의 배터리가 됐다는 영광은 갖고 싶은데."

"바라노라, 원하노라, 그러면 이루어질 것이다."

상진은 자신의 파트너와 주먹을 부딪치며 씩 웃었다.

"어디 해 보자고, 파트너."

따라올 테면 따라와 봐

처음에는 무척이나 놀랐다.

전혀 들어 보지도 못한 투수가 메이저리그에 와서 좋은 성적을 거두는 건 어찌 보면 제이콥 디그롬에게 있어서 신선한 자극이었다.

하지만 시간이 지나면서 상황은 조금씩 달라졌다.

제이콥 디그롬은 자신의 위치를 위협하는 경쟁자의 존재를 의식하면 할수록 불쾌함을 감추지 못했다.

2014년 신인왕을 수상한 이래로 뉴욕 메츠의 에이스로 군림하며 메이저리그에 자신의 이름을 확고히 새겼다.

그런데 갑자기 툭 튀어나온 투수 하나가 자신과 동등하게 여겨진다는 사실을 참을 수 없었다.

"헤이, 제이콥, 오늘도 얼굴이 찌그러져 있어?"

요에니스 세스페데스의 농담에 디그롬의 얼굴이 더 찌푸려졌다.

그래도 별말 없이 하던 캐치볼을 계속했다.

공을 받아 주던 요에니스도 웃으면서 다시 농담을 던졌다.

"컵스에 있는 동양인 투수 때문에 그래?"

디그롬은 말없이 고개를 끄덕였다.

평소에는 유머러스하고 자신감 넘치는 성격이었던 디그롬이 오늘은 말수도 적고 부쩍 신경질적인 모습이었다.

"이번에 맞대결하게 됐으니까 누가 우위에 있는지 확실하게 보여 주면 되잖아?"

이번에도 말없이 고개를 끄덕였다.

어딘가 정신이 반쯤 다른 곳에 가 있는 듯한 그의 모습에 요에니스는 한숨을 쉬었다.

그때 저쪽에서 코치와 얘기하고 있던 토마스 니도와 눈이 마주쳤다.

그가 고개를 가로저으면서 웃는 걸 보며 요에니스는 어깨를 으쓱거렸다.

앞으로 다가올 경기에 집중하면 집중할수록 디그롬은 말수가 없어진다.

지금도 관성으로 캐치볼을 계속하고 있을 뿐, 머릿속에서는 시카고 컵스의 타선을 어떻게 상대할지를 연구하고 있을 것이다.

'하지만 괜찮을까?'

한편으로 걱정스러웠다.

지금 디그롬의 머릿속을 채우고 있는 게 컵스의 타선이 아니라 맞붙을 상대 선발투수인 이상진이란 점이었다.

요에니스의 짐작대로 디그롬은 이상진에 대한 생각으로 가득했다.

영상으로 본 그의 투구 패턴을 머릿속에서 다시 한번 되새겨 보고 구속과 구종, 그리고 스트라이크존에 공을 어떻게 던지는지를 계속 분석했다.

한참 동안이나 생각에 잠겨 있던 디그롬은 깊은 한숨을 토해 내며 고개를 흔들었다.

그리고 그제야 자신이 캐치볼을 하고 있지 않다는 걸 깨달았다.

"생각은 끝났어?"

"어느 정도는."

"이상진을 공략할 방법은?"

"솔직히 말해서 방법이 거의 없어. 적어도 여섯 개 이상의 투구 패턴을 가지고 있어서 뭔가 하나만을 특정해서 공략할 수도 없지."

최단기간 메이저리그 10승 달성이라는 기록은 아무나 달성할 수 없는 위업이다.

설령 제이콥 디그롬, 자신이라고 해도 쉽게 넘볼 수 없다.

아직 8승밖에 달성하지 못한 자신에게 있어서 이상진은 어찌 보면 도전자이자 이미 앞서 나가고 있는 경쟁자이기도 했다.

"그래도 포심하고 투심이 주력 무기니까 그걸 노리면 되는 거 아니야?"

"LA 다저스하고의 경기를 떠올려 봐. 리는 마치 커쇼를 복사하기라도 한 듯한 투구를 선보였어. 그게 뭘 의미한다고 생각해?"

"음, 나는 너 정도의 투구는 얼마든지 따라 할 수 있다?"

"그것도 그거지만 일종의 과시야. 나는 주력 무기가 아니더라도 너희를 농락할 수 있다는."

메이저리그에 진입해서 보여 준 공은 90마일 후반대의 포심과 초중반대 구속의 투심이었다.

그런데 LA 다저스와의 경기에서는 변화구는 그동안 못 보여 준 게 아니라 안 보여 줬다는 것처럼 엄청난 구사율을 선보였다.

LA 다저스와의 경기에서 포심 패스트볼의 구사율은 14퍼센트뿐.

하지만 다음으로 치른 애틀랜타 브레이브스와의 경기에서는 포심 패스트볼의 구사율이 43퍼센트에 달했다.

말하자면 그는 종잡을 수 없는 투구 패턴을 가지고 있었다.

"굳이 따지자면 그의 최대 무기는 구종이나 구속, 혹은 패턴이 아니야."

"그러면?"

"타이밍을 뺏는 실력이지."

이상진을 분석한 투수나 전력 분석팀들은 여지없이 타이밍을 빼앗는 기술이 그의 전매특허임을 인정했다.

디그롬 역시 그것만큼은 이상진이 자신보다 우위에 있음을 인정해야만 했다.

"지금보다 훨씬 기량이 떨어졌을 때 어떻게든 이겨 내려고 온갖 방법을 고안해 봤을 거야. 그렇지 않고서야 이런 기술을 가졌을 리가 없어."

"스카우팅 리포트를 보니까 엄청난 수술을 받았다고 하더라. 복귀는 일찍 했지만 지금의 실력까지 오는 데 몇 년 걸렸다던데?"

"그때의 구속은?"

"글쎄? 85마일쯤 됐다던 거 같은데."

그 말에 디그롬은 놀라워하기보다 역시라는 표정이 됐다.

"여기까지 올라오는 데 얼마나 노력을 기울였을지 감이 잡히지 않네."

어떻게든 프로에서 살아남기 위해 온갖 노력을 기울였을 것이다.

해 볼 수 있는 건 모두 해 보고 폼도 바꿔 봤을 것이며 구속을 늘리고 구위를 키우기 위해 훈련에 훈련을 거듭했을 것이다.

그렇지 않고서는 메이저리그에 올 수도, 이만한 성적을 거둘 수도 없었다.

"존경스러울 정도야."

디그롬은 감탄하면서 소란스러워지는 방향으로 시선을 돌렸다.

그곳에는 시카고 컵스의 에이스가 들어오고 있었다.

*   *   *

"나를 만나고 싶다고요?"

제이콥 디그롬이 자신을 만나고 싶어 한다.

이 이야기를 전해 들은 상진은 어안이 벙벙한 표정을 지었다.

상대 팀 선수와 만나서 간혹 이야기를 나누는 경우는 있었지만 자신은 별개였다.

같은 한국 출신의 선수가 아닌 이상 메이저리그에서 안면이 있는 선수가 없었다.

그나마 한국에서 뛰었던 외국인 선수들 정도?

"어째서요?"

"그거야 저도 모릅니다. 그렇게 전해 달라고만 했죠."

한참 동안 어리둥절한 얼굴로 좌우를 번갈아 보던 상진의 입에서 피식 웃음이 새어 나왔다.

"어디에 있나요?"

"저쪽에 있습니다."

"뭐야, 가 보게?"

조나단을 비롯해서 존 레스터나 앤서니 리조는 흥미롭다는 표정을 지어 보였다.

일단 둘은 서로 안면이 없는 사이였다.

게다가 그동안 메이저리그를 주름잡던 에이스 투수와 새롭게 떠오르는 신성의 만남이었다.

둘의 만남이 과연 어떤 모습일까 궁금하기도 했다.

상진은 안내를 받아 뉴욕 메츠의 더그아웃 쪽으로 향해 걸어갔다.

디그롬도 상진이 다가오는 걸 발견하고 마주 걸어왔다.

한 걸음 한 걸음 걸어갈 때마다 양쪽 선수단의 긴장감은 더해만 갔다.

그리고 포수석 부근에서 둘은 정면으로 마주했다.

'나보다 조금 더 큰가?'

상진은 자신보다 조금 더 큰 키의 디그롬을 올려다보며 손을 내밀었다.

디그롬도 주저하지 않고 손을 내밀어 상진과 악수를 했다.

둘은 서로의 손에서 느껴지는 거칠고 투박한 감촉에, 마주 보며 미소를 지었다.

"처음 뵙겠습니다. 제이콥 디그롬이라고 합니다."

"이상진이라고 합니다."

서로 이 말만 하고 악수를 나눈 둘은 바로 등을 돌렸다.

기자들이 사진을 찍을 수 있었던 건 찰나뿐이었다.

모두가 원했던 순간의 사진을 찍은 기자들은 환호했고 그렇지 못한 기자들은 고함을 질렀다.

"한 번만! 한 번만 더 악수를 해 주세요!"

하지만 둘은 잠깐 서로를 돌아보고 눈인사를 끝내고 다시 돌아섰다.

그것으로 둘의 대화는 끝이었다.

벤치로 돌아오는 사이 조나단이 은근슬쩍 끼어들었다.

"뭐야, 인사만 하고 끝이야? 다른 이야기는 뭐 없어? 오늘 경기의 각오라든가, 그런 거 있잖아!"

"딱히. 얼굴만 보면 됐잖아?"

"뭐야, 사나이들끼리는 눈만 마주치면 된다는 거냐?"

상진은 그 말에 딱히 반박하지 않았다.

오히려 희미한 미소를 입가에 띨 뿐이었다.

어떻게 보면 지금 조나단이 한 말이 정답에 가까웠을지 모른다.

시선을 마주하고 악수를 나눈다.

디그롬이나 자신이나 서로를 의식하고 또 인정했으며 경쟁자로 인식했다는 걸 알아챘다.

그건 단 한순간만으로도 충분했다.

"어찌 됐든 오늘 한 명은 다른 한 명에게 거꾸러져야 하는 운명이니까."

*　　　　　*　　　　　*

원정팀 뉴욕 메츠의 1회 초 공격은 이상진에 의해 무참하게 짓밟혔다.

필요한 공은 단 8개.

삼진 2개와 땅볼 하나로 아웃카운트 셋이 만들어졌다.

하지만 1회 말 시카고 컵스의 공격도 크게 다르지 않았다.

3번 타자 앤서니 리조까지 아웃되는 데 역시 공 8개로 충분했다.

제이콥 디그롬은 그럴 능력이 있었고 그걸 충분히 보여 줬다.

"저 자식, 내가 커쇼한테 했던 걸 고스란히 따라 하는구만."

1회 말 디그롬은 이상진의 투구를 고스란히 따라 했다.

단 하나 다른 게 있다면 이상진이 투심 패스트볼을 던졌다면 디그롬은 자신의 투심보다 슬라이더를 주로 이용해서 던졌다는 것이다.

하지만 투구 수는 똑같이 8개.

"열받았냐?"

"당연히 아니지. 오히려 귀엽게 보일 정도인데 뭘."

자신이 했던 대응책을 고스란히 돌려받는 것도 업보라고 할 수 있지만 이상진은 오히려 재미있었다.

디그롬이 이런 방법을 써 올 줄 몰랐을뿐더러, 이 방법은 상대방을 확실하게 의식하고 있다는 방증이기도 했다.

"나를 무너뜨리기 위해서 온갖 방법을 다 쓸 생각인가 보네."

"너는 이 상황이 재미있냐?"

"재미있지. 과연 디그롬이 나를 얼마나 따라 할 수 있을지 궁금한데?"

2회 초, 뉴욕 메츠의 공격을 막기 위해 마운드에 오르면서 이상진은 이를 드러냈다.

"따라올 수 있으면 따라와 보라지."

*   *   *

4번 타자는 뉴욕 메츠의 포수인 윌슨 라모스였다.

과거 2011년에 베네수엘라에서 무장 괴한에게 납치됐다가 구출된 일화로 유명한 포수이기도 했다.

2019년 초에 필라델피아에서 워싱턴 내셔널스로 이적한 그는 141경기에서 136안타, 타율은 0.288을 기록하며 부활의 신호탄을 쏘아 올렸다.

올해도 작년만큼의 성적을 내며 0.297의 타율을 기록하고 있었다.

아직 홈런은 두 개뿐이지만 작년에 14개의 홈런을 쳐 냈던 만큼 장타력도 갖추고 있었다.

"저게 이상진인가? 조나단, 무슨 공이 날아올지 좀 알려 줘 봐."

그는 타석에 서자마자 약간 안면이 있던 조나단에게 넉살 좋게 말을 건넸다.

물론 조나단이 고분고분하게 가르쳐 줄 리는 없었다.

"포심이 날아올 거야."

"진짜로?"

"거짓말이지."

조나단과 윌슨은 같이 낄낄거리면서 서로 할 일을 다 했다.

윌슨은 계속 말을 걸며 조나단의 집중력을 흩뜨려 놓으려고 했고, 조나단은 그런 윌슨의 말을 반쯤 흘려 넘기며 이상진과 사인을 주고받았다.

"스트라이크!"

매서울 정도로 엄청난 패스트볼이 날아왔다.

전광판에 98마일로 기록된 포심 패스트볼이 몸 쪽 깊숙이 틀어박히자 윌슨은 휘파람을 절로 불었다.

"우리 제이콥보다 구위가 더 좋아 보이는걸?"

"그러면 포기해. 어떻게든 쳐 보겠다고 눈 부릅뜨지 말고."

"그거야 포기 못 하지."

시시덕거리면서도 윌슨은 등에 식은땀이 흐르는 걸 느꼈다.

전력을 다한 디그롬의 포심 패스트볼을 봤을 때도 이런 기분이었다.

'이거 진짜 무서운데?'

조나단에게는 농담같이 이야기했지만 진심으로 위협적이라 생각하고 있었다.

'흔들린 것 같지도 않고.'

멘탈을 흔들어 놓으려고 했는데 아직 2회라 큰 타격은 없어 보였다.

게다가 타석에서도 확실하게 확인할 수 있는 이상진의 미소가 왠지 거슬렸다.

다시 집중하기 시작한 윌슨의 눈은 이상진이 공을 놓는 순간을 잡았다.

'투심?'

손을 놓는 순간의 그립을 확인한 윌슨은 배트를 휘둘렀다.

하지만 투심이라 판단했던 윌슨의 배트에 빗맞고 포수 뒤로 날아간 공은 슬라이더였다.

"파울!"

"와우!"

설마하니 투심이 아니라 슬라이더를 던질 줄은 몰랐다.

이를 악물고 다음 공을 기다렸지만 달라진 건 없었다.

배트 아래쪽으로 아슬아슬하게 지나간 체인지업은 조나단의 미트 안으로 빨려 들어갔다.

윌슨은 아쉬워하며 물러났지만 그때까지도 그는, 그리고 뉴욕 메츠의 선수들도 알지 못했다.

이상진이 무얼 노리고 있는지.

2회 초 이상진의 투구 수는 또다시 8개였다.

절약의 극치를 보여 주는 이상진의 투구에 디그롬도 응수했다.

"아무래도 디그롬이 날 따라 하는 것 같아."

2회 말 디그롬의 피칭이 시작되는 순간 이상진이 툭 내던진 말에 시카고 컵스의 벤치는 깜짝 놀랐다.

우선 절반가량은 상진의 말이 무슨 뜻인지 알지 못했다.

"그게 무슨 소리야, 디그롬이 널 따라 한다니?"

하지만 그 뜻이 뭔지 알아챈 데이비드 로스 감독은 고개를 끄덕였다.

지난번에 이상진과 함께 비슷한 일을 해 봤던 조나단도 미소를 지으며 동의했다.

"실력에 자신이 있으니까 할 수 있는 짓이야. 이번에는 입장이 정반대가 됐네."

LA 다저스와의 경기에서 상진은 커쇼의 투구 패턴을 유사하게 재현해 냈고, 투구 수마저도 똑같이 맞춰 나갔었다.

덕분에 커쇼의 멘탈이 흔들렸고 거기에서 빈틈을 찾아 무너뜨릴 수 있었다.

이번에는 디그롬이 이상진에게 똑같이 돌려주고 있었다.

"재미있게 됐죠."

자신이 했던 방법을 고스란히 돌려받게 됐음에도 이상진은 여유가 넘쳤다.

그걸 보면서 조나단은 어처구니없다는 듯 웃음을 터뜨렸다.

"뭐가 그렇게 재미있냐?"

"디그롬이 얼마나 따라올 수 있는지 기대되잖아?"

상대 선발투수의 멘탈을 무너뜨리는 방법은 적어도 상대의 투구를 어느 정도 재현해야 한다.

그게 가능하다는 건 실력 면에서 이상진보다 우위에 있을 수 있다는 자신감이었다.

"어디 따라올 수 있으면 따라와 보라지."

뿌리치려는 자와 따라잡으려는 자의 대결이었다.

*　　　*　　　*

"스트라이크! 아웃!"

3회 초 이상진은 뉴욕 메츠의 타선을 완벽하게 잠재웠다.

이상진이 공 9개로 삼진 3개를 잡고 내려가고 타석에서 아웃된 디그롬이 교대하듯 마운드에 올라갔다.

7번과 8번 타자가 연속으로 삼진을 당하며 순식간에 아웃카운트가 2개 만들어졌다.

그리고 9번 타자 이상진이 타석에 섰다.

"윌슨이라고 했지? 나를 따라 하는 건 재미있나?"

윌슨 라모스는 쓴웃음을 지으면서 대꾸하지 않았다.

상진은 그에 개의치 않고 다시 슬쩍 던져 봤다.

"여기에서 내가 삼진을 당하지 않으면 따라 하기는 실패겠지?"

"우리 제이콥이 그 정도도 못 할 것 같아?"

"한국말에 이런 게 있지."

상진은 배트를 고쳐 잡으며 마운드에 있는 디그롬을 향해 시선을 돌렸다.

여기가 오늘의 분수령이다.

자신에게 3구 이상 던지게 만들거나, 아니면 안타나 볼넷으로 출루를 해도 성공이다.

일반적인 확률로 볼 때 타자의 입장에서 가장 유리한 싸움이다.

하지만 상대는 제이콥 디그롬.

결코 일반적인 투수가 아니었다.

"스트라이크!"

스트라이크존 높은 곳에 꽂히는 하이 패스트볼은 소름 돋을 정도로 빨랐다.

전광판에 기록된 숫자는 99마일.

상진이 2회 초에 기록했던 패스트볼 최고 구속과 똑같았다.

"아주 그냥 승질을 돋우지 못해 안달이 났구만."

메이저리그에서 타선에 서는 투수는 더 쉽게 보는 경향이 있었다.

그리고 이상진의 메이저리그 타율은 1할 2푼 1리로 어떤 투수나 무시할 만한 수치였다.

"스트라이크!"

두 번째 공도 역시 스트라이크존 안에 들어왔다.

상진은 배트를 휘두르지도 않고 그냥 멍하니 서 있기만 했다.

마치 승부를 포기한 듯한 모습에 윌슨은 이죽거렸다.

"뭐 해? 이대로 가면 아까 3회 초의 너와 똑같아지는걸?"

물론 상진은 그렇게 될 생각이 전혀 없었다.

시스템 창을 켜서 자신의 스테이터스를 바라본 상진은 주저

없이 남은 코인을 모조리 사용했다.

―콘택트가 1 올랐습니다.

―체력이 1 올랐습니다.

―콘택트가 1 올랐습니다.

―파워가 1 올랐습니다.

…….

―선구안이 1 올랐습니다.

남아 있던 코인 48개를 모두 사용해서 24의 능력치를 올린 상진은 스테이터스 창을 제대로 확인할 새도 없었다.

와인드업을 하며 다리를 들어 올리는 제이콥 디그롬의 폼을 보자마자 바로 스킬을 사용했다.

[〈손 가는 대로 만든다〉 스킬을 사용합니다.]

최선을 다한다.

어떻게 해서든 여기에서 뿌리친다.

그것이 타자로서의 스킬까지 사용하며 절대 디그롬에게 여지를 만들어 주지 않을 자신의 오기였다.

배트가 공을 향해 휘둘러지는 게 초고속 카메라로 찍은 것처럼 느릿느릿하게 보였다.

집중력이 극한까지 올라가니 마치 시간이 느려지는 듯한 감각이었다.

그리고 디그롬이 던진 슬라이더에 배트가 닿았다.

'제발 잡히지 마라! 잡히지만 않으면 된다!'

배트에 공이 닿는 걸 느끼는 순간 상진은 고개를 위로 들었다.

〈손가는 대로 만든다〉 스킬의 효과로 공은 배트에 무조건 맞게 된다.

하지만 〈엄마의 손맛〉 스킬을 사용하지는 않았다.

그건 바로 지금 타석에서 안타를 만들기보다는 파울을 만들어도 성공이었기 때문이었다.

디그롬과 자신의 투구 수에 차이를 만들어 낸다.

그것이 자신을 감히 따라 하려 했던 제이콥 디그롬에게 돌려주는 상진의 선물이었다.

"파울!"

공은 다행스럽게 1루 쪽 파울라인으로 떨어졌다.

이것으로 이상진과 디그롬의 투구 수는 1개 차이로 벌어졌다.

상진은 마운드에 서 있는 디그롬의 얼굴이 살짝 일그러지는 걸 보며 입꼬리를 끌어 올렸다.

"따라와 볼 테면 따라와 보라니까?"

＊　　　　＊　　　　＊

3회 말 이상진의 공격은 마지막 4구를 커트해 내지 못하고 끝났다.

하지만 이미 만들어진 1개의 차이는 이후에도 좁혀지지 않았다.

오히려 벌어지기만 했다.

4회에도 제이콥 디그롬은 안간힘을 써 봤으나 투구 수의 차이는 오히려 3개가 되었다.

6회까지 진행되자 그 차이는 10개까지 벌어졌다.

"후우, 후우, 젠장!"

6회 말을 끝내고 돌아온 제이콥 디그롬의 입에서 분노로 찬 격한 고함이 터져 나왔다.

조금 전 6회 마지막 타자로 등장한 이상진에게 투구 수를 5개나 낭비하고 말았다.

다른 타자들을 공 3개로 아웃시켰는데도 이상진을 너무 의식하고 말았다.

게다가 더 열받는 건 이상진은 오늘 단 한 번도 사이드암 스로 투구를 보여 주지 않았다는 것이다.

그게 제이콥 디그롬의 자존심에 상처를 주고 있었다.

뉴욕 메츠의 벤치에서 보여 주는 디그롬의 반응에 상진은 씩 웃었다.

"그러길래 할 거면 제대로 해야지."

참새가 황새 따라가다 가랑이 찢어진다고 했다.

물론 상진과 디그롬 사이에 존재하는 격차는 매우 작았다.

하지만 아주 아슬아슬하긴 했어도 격차는 존재했다.

상진이 한 건 그 격차를 눈에 보이도록 만들어 준 것뿐이었다.

"이제는 좀 나아진 건가?"

"아직도 그걸 고집하고 있어서 더 흔들리고 있어. 조금만 더

밀어붙이면 될 것 같지만."

놀랍게도 디그롬은 6회가 끝난 지금까지도 그걸 포기하지 않고 계속 따라붙고 있었다.

투구 수 차이는 이미 10개가 넘었고 이제 이상진을 도발하는 건 의미가 없어졌다.

그래도 그는 오기를 부리고 있었다.

"디그롬을 가지고 노는 너나, 너한테 죽자 살자 매달리면서 똑같이 피안타 없이 따라붙는 디그롬이나. 참 대단하다."

놀랍게도 둘 다 피안타나 볼넷 하나 없이 6회까지 퍼펙트를 기록하고 있었다.

─놀라운 투수전입니다! 이상진과 제이콥 디그롬, 모두 퍼펙트를 기록하고 있습니다!

─서로 한 치의 양보도 없습니다!

─안타 하나! 볼넷 하나 없이 둘 다 완벽한 경기를 이끌어 내며 0의 행진을 이어 갑니다!

방송에서도 신나게 떠들어 댔다.

그리고 30개 구단의 팬들이 각자 응원하는 팀의 경기 중계를 보는 와중에 신경을 쓸 정도로 엄청난 투수전이었다.

6회까지 이상진의 투구 수는 60개, 제이콥 디그롬은 70개였다.

게다가 둘 다 충분히 9회까지 던질 스태미나를 가진 투수였다.

"7회에는 어떻게 던질 거냐?"

이제 슬슬 마운드 위에서 내려가려던 조나단이 문득 생각났다는 듯 등을 돌리며 물었다.

상진은 엄지손가락을 치켜세우고 목을 긋는 시늉을 했다.

"전부 조져야지."

*　　　　　*　　　　　*

이상진은 자신이 한 말을 지키는 투수였다.

그의 투구는 여전히 강력했고 뉴욕 메츠의 타자들은 맥을 추지 못했다.

아까까지는 일부러 투구 수를 절약했던 것도 있었지만 무엇보다 볼넷을 전혀 주지 않는 예리한 제구력과 타자를 찍어 누르는 구속과 구위가 엄청났다.

J. D. 데이비스나 윌슨 라모스, 마이클 콘포토 등 쟁쟁한 타자들 모두 손도 쓰지 못하고 삼진이나 범타로 물러나야 했다.

"그나마 7회 되어서야 두 자릿수 탈삼진을 줬다는 거에 만족해야 하나?"

"그런 거에 만족해서 되겠냐고! 제이콥이 저렇게 힘을 내는데 우리도 득점 지원을 해 줘야 할 거 아니냐?"

"하지만 방법이 없잖아."

메츠의 타자들은 한탄하면서 고개를 가로저었다.

7회가 되었어도 이상진의 구위나 구속은 변함이 없었다.

그리고 이상진의 타이밍 빼앗는 기술은 이미 메이저리그에서도 악명이 높았다.

그걸 직접 체험하고 있는 뉴욕 메츠의 타자들은 몸서리를 쳤다.

"후우, 최선을 다해서 쳐 본다. 그래도 안 된다면 어쩔 수 없지."

"이상진 다음에 올라올 투수를 노려 봐야 하나?"

"진짜 이대로 가면 제이콥하고 리하고 둘이 같이 나란히 9이닝 퍼펙트를 할지도 모른다고."

점수를 내지 못하고 승리를 하지 못한다면 아무리 피안타가 없고 볼넷이 없다고 해도 무의미했다.

결국 타선에서 점수를 1점이라도 내줘야 투수들의 끝없는 전쟁도 끝을 볼 수 있다.

하지만 뉴욕 메츠 선수들의 각오와 다른 반응이 먼저 나왔다.

"와아아아!"

메츠 선수들의 얼굴이 구겨졌다.

제이콥 디그롬은 입술을 깨물고 자신의 머리 위를 지나가 좌측 펜스를 향해 날아가는 공을 바라봤다.

그 공은 좌익수 제프 맥닐의 위를 지나 펜스를 가볍게 넘어갔다.

ㅡ오늘 승부의 팽팽했던 균형을 무너뜨리는 앤서니 리조의

솔로 홈런! 시카고 컵스가 1점 앞서가기 시작합니다!

제이콥 디그롬이 무너지는 순간이었다.

*   *   *

제이콥 디그롬이 점수를 내주자 상진은 긴장이 탁 풀렸다.

그만큼 디그롬과의 승부는 정말 아슬아슬했다.

팽팽했던 긴장감이 조금이나마 누그러지자 상진도 안타를 하나 내주고 말았다.

총알 같은 타구에 유격수 니코 호너가 한 번 더듬긴 했어도 서둘러 잡아서 1루로 던졌다.

하지만 너무 빠른 주자를 아웃시키기에는 아주 약간 늦고 말았다.

—이상진도 안타를 하나 내줍니다! 이것이 점수로 연결될 수 있을 것인가!

마운드에 올라간 조나단은 싸늘한 이상진의 시선을 마주하며 씩 웃었다.

"그렇게 쳐다볼 거면 맞지를 말든가."

"젠장. 잠깐 긴장을 놓았어."

"그러면 더 안 맞을 거야?"

"당연하지. 내가 오늘 안타를 하나 더 맞으면 바지를 머리에 뒤집어쓰고 그라운드를 열 바퀴 돌 거다."

이를 벅벅 갈면서 으르렁대는 상진을 볼 때마다 승리에 대한 열망이 대단하다고 느끼곤 했다.

그것도 언제나 완벽한 경기를 만들어 내려고 노력했다.

비록 오늘도 퍼펙트를 달성하지는 못했지만 컵스의 선수들은 이상진이 이번 시즌 동안 분명히 해낼 수 있으리라는 믿음을 가지고 있었다.

"바지를 뒤집어쓰고 우리 시력을 테러하는 일이 없으려면 제대로 던져야겠네."

"그런데 왜 올라왔어?"

"상태가 얼마나 개판인지 구경하려고. 그러면 잘 마무리 지어 보자고."

조나단이 마운드에서 내려가자 상진은 고개를 숙이고 자신의 발치를 내려다봤다.

마운드의 흙에는 디그롬과 자신의 발자국이 여기저기 남아 있었다.

오늘 경기는 양쪽 모두 어디에 내놔도 손색이 없는, 훌륭한 투수전이었다.

그래도 완벽하지 못한 자신에 대해 아쉬움이 남는 경기이기도 했다.

'다음 경기에서 다시 새롭게 시작하면 되겠지.'

실패한 퍼펙트게임은 단숨에 잊어버렸다.

남은 건 경기를 어떻게 끝내느냐였다.

이상진은 힘차게 공을 뿌렸다.

*   *   *

「이상진, 디그롬과의 맞대결에서 승리」

「아쉬운 1피안타, 디그롬이 무너지자 이상진도 흔들렸다」

「48이닝 무볼넷 기록, 이상진이 그렉 매덕스를 넘보다」

"안녕하세요, 이상진 선수. 한국에서 온 최은아 기자입니다. 이렇게 만나 뵙게 되어서 영광입니다."

"저도 만나 뵙게 되서 반갑습니다."

최은아 기자는 침을 꿀꺽 삼켰다.

최단기간 메이저리그 10승이라는 위업을 달성한 이상진을 취재하기 위해 한국 언론사들이 엄청난 경쟁을 벌이고 있었다.

그걸 간신히 뚫고 들어온 데는 선배 기자의 도움이 있었다.

'이상진은 자신의 실력에 대해 의심하는 걸 싫어해. 그렇다고 비위에 맞춰 주는 것도 싫어하지. 있는 그대로 준비한 질문만 하면 돼.'

월드 스포츠의 선배 기자인 김명훈의 도움을 받아서 간신히 여기까지 왔다.

이상진의 미국 자택에서 이루어지는 오늘의 인터뷰는 그녀의 발판이 되어 줄 것이다.

"미국에서의 생활은 어렵지 않으신가요?"

"타국에 나와서 생활하는 건 늘 힘들죠. 그래도 팀 동료들과 코칭스태프분들이 많이 도와주시고 에이전트이자 매니저로 일해 주시는 분께서도 많이 챙겨 주셔서 잘 지내고 있습니다."

최은아 기자는 상진과 함께 집 여기저기를 둘러보며 인터뷰를 진행했다.

집이 생각보다 넓기는 했어도 꼭 갖춰져 있어야 할 건 있었다.

운동기구도 있었고 관리 프로그램을 적어 놓은 메모도 붙어 있었다.

"야구팬들이 가장 궁금해하는 게 바로 이상진 선수의 집에 있는 냉장고인데요. 냉장고 안에는 과연 어떤 식재료가 있을지 궁금해하시는 분들이 많아요."

"아하하, 제 냉장고 안을 왜 그렇게 궁금해하시는 건지 모르겠네요."

"그거야 이상진 선수가 야구계뿐만이 아니라 우리나라를 대표하는 식신으로 이름이 높으시니까요."

영호가 관리하는 인터넷 동영상 채널에는 일주일에 두세 개씩 영상이 올라갔다.

영상들 중 절반은 음식을 먹는 영상이었으며 그중에서도 가장 조회수가 높은 건 바로 푸드파이터 대회에서 우승하던 모습이었다.

야구팬들은 물론 팬이 아닌 사람들도 시원스럽게 먹는 이상진의 모습을 보며 환호했다.

"별로 없네요."

"그럭저럭 있기는 있는데 기대만큼은 아니죠?"

집에 있는 냉장고 안에는 먹을 게 거의 없었다.

있는 거라고는 대량의 계란과 함께 닭가슴살, 그리고 양배추 하나 정도였다.

"생각했던 것보다 소박한 냉장고네요."

"사실 오래 쌓아 두질 않아서요. 먹을 게 있으면 자주 먹기도 하고 필요하면 시켜 먹거나 혹은 그날그날 매니저 형이 사와서 먹거든요."

그 말에 은아는 웃음을 터뜨렸다.

이상진의 말은 워낙 식성이 좋다 보니 냉장고 안에 음식이 머무를 시간이 없다는 뜻이었다.

"그러면 주로 어떤 식단으로 드시나요?"

"그다지 가리지는 않습니다. 다만 주의하는 건 몇 가지 있네요."

"어떤 건가요?"

"우선 술, 그리고 과도할 정도로 기름진 음식과 처방받지 않은 보충제나 약품 같은 거죠."

"인터뷰하실 때는 종종 과격한 말씀을 하던 이상진 선수답지 않게 매우 상식적인 구분이시네요."

상진은 부드럽게 웃었다.

은아는 이야기를 하면서 명훈이 주의해 준 대로 그 선을 지

컸다.

그래서 상진도 편하게 이야기를 할 수 있었다.

그리고 이야기를 진행하며 점점 야구 이야기로 화제가 넘어갔다.

"한국 야구팬들은 이상진 선수가 올해 20승을 거둘 수 있을지 궁금해하고 있습니다."

"하하, 벌써 11승을 거뒀군요. 20승을 거두면 좋겠지만 사람에게는 무슨 일이 일어날지 모르죠. 저는 최선을 다할 뿐입니다."

"작년 한국에서 무패를 기록하고 우승까지 차지한 이상진 선수답지 않은 소극적인 대답이시네요."

도발적인 말을 전혀 도발적이지 않은 어조로 이야기하는 것도 일종의 능력이었다.

상진은 편안하게 농담을 받아들이면서 소파에 등을 기댔다.

"사실 자신은 있습니다. 이미 11승을 했고 팀 동료들의 능력도 충분합니다. 하지만 제가 원하는 건 20승이 아닙니다."

"그러면 이상진 선수의 올해 목표는 무엇인가요?"

"우선은 올림픽에서 금메달을 따는 것이 있겠죠."

"하지만 수술로 인한 오랜 재활과 그 병력 때문에 면제를 받으셨는데, 올림픽에 참가하실 이유가 있으신가요?"

사실 국내 팬들은 이 점을 많이 궁금해했다.

이상진은 비공식적으로는 이런 이야기를 많이 했었다.

하지만 언론을 통해서 자신이 왜 올림픽에 출전하고 싶어 하는지 이야기해 본 적은 없었다.

그걸 문득 깨달은 상진은 그만 웃음을 터뜨리고 말았다.

"푸하하하! 아아, 죄송합니다. 푸크큭, 그걸 전혀 생각하지 못했네요."

"어떤 점을 말씀이신가요?"

"사실 지금 시카고 컵스의 사장인 테오 엡스타인 사장님이나 제드 호이어 단장님, 그리고 데이비스 로스 감독님은 이미 저와 이야기를 많이 했습니다. 하지만 언론에 제가 왜 올림픽에 나가고 싶었는지 이유를 말한 적은 없었군요."

상진은 천천히 그들에게 했던 이야기를 은아에게 다시 이야기했다.

베이징 올림픽을 보면서 자신이 얼마나 꿈을 키워 왔었는지를.

국가대표라는 직함에 얼마나 자부심을 가지고 또 동경해 왔는지.

그걸 전부 들은 은아는 고개를 끄덕이며 엷게 미소 지었다.

"선배들처럼 되고 싶으셨단 말씀이네요."

"국가대표라는 게 나라를 대표하는 거잖습니까? 사실 우리나라에서 스포츠 선수가 금메달을 딴다는 건 병역 면제를 노리고 하는 것처럼 여겨지고 있습니다."

조금 억울했다.

프리미어 12 대회에 참가할 때도 그랬지만, 몇몇 선수들이 병역 면제를 받은 사람이 왜 올림픽 출전까지 노리느냐고 말한 적이 있었다.

물론 바로 앞에서 대놓고 한 건 아니지만 건너건너 들려오는
건 어쩔 수 없었다.

개중에는 '버스'를 타려고 하는 사람도 있었다.

자신이 출전한다면 최소한 올림픽 동메달 이상은 확보될 테
니 거기에 편승해서 우승을 해 보고 싶다는 말이었다.

"하지만 저는 순수하게 국가대표라는 영예를 얻고 싶습니다.
그렇기에 올림픽에 출전하고 싶습니다."

비아냥거리는 사람들, 이용하려는 사람들.

그 외에도 자신에 대해 삐딱한 시선으로 바라보는 사람은
무궁무진하게 많았다.

하지만 그런 시선들과 별개로 상진은 하고 싶은 걸 하고 싶
었다.

"금메달을 얻고 싶다는 것 외에 제가 바라는 건 없습니다."

*   *   *

「올림픽 출전에 대한 이야기, 이상진은 무엇을 바라는가?」
「이상진, 나는 금메달을 원할 뿐이다」
「시카고 컵스, 이상진의 올림픽 출전에 여전히 부정적」
「김경달 감독, 이상진이 출전해 주면 천군만마를 얻은 격」

2020년 도쿄 올림픽은 꽤 다사다난했다.

후쿠시마 원자력 발전소 사고로 인해 방사능에 대한 걱정도 많았고 2020년 초에 벌어진 코로나 바이러스 문제로 중단 이야기가 나왔다.

그래도 어쩌다 보니 사태는 진정세로 돌아섰고, 결국에는 진행하기로 결정이 됐다.

"이상진이 합류한다면 대표 팀에 큰 힘이 될 겁니다. 시카고 컵스 구단과 긴밀히 일정을 조율 중에 있습니다."

우선 미국과 일본의 시차 문제도 있으며 대표 팀에 몇 경기나 출전하느냐의 문제도 있었다.

김경달 감독을 비롯한 대한민국 야구 대표 팀에서는 시카고 컵스에 연락을 취해 합류 일정을 조율하려고 했다.

시카고 컵스 입장에서는 에이스 투수를 한 경기라도 더 쓰고 싶어 했다.

대표 팀도 마찬가지로 이상진을 한 경기라도 더 기용하고 싶어 했다.

둘 사이에서 벌어지는 치열한 눈치 싸움은 점점 길어졌지만 상진은 아랑곳하지 않고 경기에 출전했다.

6월 21일에 벌어진 보스턴 레드삭스와의 경기에서 8이닝 무실점 2피안타를 기록한 상진의 다음 상대는 악의 제국으로 이름 높은 뉴욕 양키스였다.

"양키스? 옛날하곤 좀 다르지 않냐?"

"그래도 동부 지구에서 최강의 팀이잖아."

양키스는 2018년 지안카를로 스탠튼을 영입해 초호화 홈런

군단을 만들어 내며 메이저리그에서 최강의 타선을 뽑냈다.

작년에도 결정적인 상황에서 휴스턴 애스트로스에게 발목을 붙잡혔지만 동부 지구 1위를 달성하고 단 한 번도 내려온 적도 없었다.

"타선만 최강이면 뭐 해? 마운드가 개판인데."

조나단은 투덜거리면서 이상진에게 한 대 맞은 손을 매만졌다.

자신의 몫으로 챙겨 온 핫도그를 빼앗으려던 사악한 마귀 한 마리를 퇴치한 상진은 우물거리면서 고개를 끄덕였다.

"확실히 양키스의 마운드는 개판이긴 하지."

"그런데 뭐가 문제야? 평소처럼 네가 타선만 눌러놓으면 승리는 따놓은 당상이잖냐."

농담처럼 던지는 말임에도 그 안에는 자신을 향한 깊은 신뢰가 묻어나왔다.

상진은 씩 웃으며 시즌 초를 떠올렸다.

조나단은 스프링 트레이닝 기간 동안 자신을 믿지 못하고 때로는 부딪치기도 했다.

하지만 지금은 자신의 생각을 누구보다도 잘 읽어 주는 둘도 없는 파트너였다.

예전에 3년 정도 합을 맞췄던 충청 호크스의 포수 최재환도 이 정도는 아니었다.

"말이 쉽지. 양키스 타선은 LA 다저스 타선하고 비교해서 전혀 꿀리지 않아. 더하면 더했지."

"너한테는 똑같잖아?"

"젠장. 나라고 저쪽 타선을 쉽게 쉽게 상대하는 것만은 아니라고."

지난번 다저스와의 경기도 그랬지만 코디 벨린저와 무키 베츠, 코리 시거, 저스틴 터너 같은 타자들을 상대하는 건 무척이나 힘들었다.

그런데 이번에는 양키스의 홈런 타선이다.

글레이버 토레스와 에드윈 엔카나시온이나 디제이 르메휴 같은 타자들을 상대할 생각을 하니 골치가 아파 왔다.

"그런데 선발은 누구래?"

"로테이션상으로는 제임스 팩스턴 아닐까?"

"다나카 마사히로일 수도 있겠지."

누가 되든 간에 양키스의 투수진은 네임 밸류나 무게감이 떨어져서 좀 만만하게 여겨지는 것도 사실이었다.

시카고 컵스의 타자들은 양키스에 맞춤 훈련을 하면서도 시시덕거리는 것이 무척이나 여유 있어 보였다.

"그나저나 너도 좀 편하겠다."

"아메리칸 리그 팀에 원정경기니까. 아무래도 타석에 설 일이 없어서 편하지."

가끔은 아메리칸 리그에 이적했으면 어떨까, 생각이 들 정도로 투타 겸업은 힘겨웠다.

"어이, 리! 기자들이 기다리고 있어!"

데이비드 로스 감독의 인터뷰가 끝났는지 이제 기자들이 상진을 향해 다가오고 있었다.

로커 룸에서 편하게 쉬고 싶었지만 이것도 어찌 보면 팬 서비스의 일종이고 또 유명 선수라면 필수적으로 해야 하는 언론과의 만남이었다.

상진은 약간의 귀찮음을 날려 버리며 자리에서 일어났다.

"미스터 리! 오랜만입니다."

메이저리그에 진출하며 안면 있는 기자들은 총출동했다.

그들이 건네는 질문 하나하나에 대답해 나갔다.

그때 한 기자가 훅 치고 들어왔다.

"리! 미스터 리!"

상진은 그 기자에게 관심이 없었다.

그에게 관심을 주기에는 눈앞에 있는 다른 기자들의 질문에 답하는 것도 바빴다.

하지만 간신히 틈을 비집고 들어온 그는 단 한마디로 이상진의 관심을 끄는 데 성공했다.

"이상진 선수! 지금은 은퇴한 마스터, 그렉 매덕스를 존경한다고 들었습니다."

매덕스라는 이름을 듣자마자 상진은 바로 반응했다.

"예. 지난번에 만나서 얼마나 반가웠는지 모릅니다."

그렉 매덕스와의 만남에 대해 질문을 하는 거라고 생각한 상진은 고개를 돌리며 웃었다.

하지만 기자의 질문은 전혀 뜻밖이었다.

"이제 그렉 매덕스의 연속 이닝 무볼넷 기록인 72.1이닝까지

16.1이닝 남으셨는데 기분이 어떠신가요?”

“예?”

상진은 눈을 동그랗게 떴다.

전혀 의식하지 않던 기록의 등장이었다.

없는 걸 어떻게 훔쳐?

지난번까지는 전혀 의식하지 않았다.

하지만 뉴욕 메츠에 보스턴 레드삭스와의 경기를 거치며 56이 닝 연속 무볼넷 기록을 세우고 있었다.

그렉 매덕스가 2001년에 세웠던 기록까지 16.1이닝.

1962년 빌 피셔가 세운 84.1이닝까지 28.1이닝이 남았다.

"네가 볼넷을 안 주기는 하지."

이상진은 무척이나 공격적인 피칭을 했다.

특히 적극적으로 스트라이크존 안에 적극적으로 집어넣었 다.

초구가 스트라이크존 안에 들어갈 확률은 한국에 있을 때보 다 다소 떨어지긴 했어도 70퍼센트를 넘었다.

3볼까지 준 것도 56이닝 동안 4개에 불과할 정도였다.

"쩝쩝, 그 기자는 뉴욕 언론지 기자라더라. 친양키스 성향이라는데?"

"일부러 그랬다는 거지?"

"내 생각으로는 그래."

일부러 기록 경신을 신경 쓰도록 유도해서 경기 집중력을 저하시킨다.

경기장 외에서 흔하게 벌어지는 반외 전술이었다.

인터뷰를 통해서 상대 팀을 도발한다거나, 아니면 과도하게 의식하게 만들어 쉽게 흥분하도록 만든다.

이상진만이 아니라 누구라도 자주 애용하는 일이기도 했다.

"쓸데없는 짓이지."

"네 멘탈이 로키산맥보다도 높고 단단하다는 건 누구보다도 내가 잘 알지."

"그것도 쓸데없는 말이지."

아직도 간혹 욱하는 성질이 나올 때가 있었다.

그러는 걸 보면 아직도 성숙하지 못했다는 생각이 종종 들곤 했다.

"왜 웃냐?"

"새삼스레 재미있어서 그래. 역시 야구는 기록의 스포츠구나 싶기도 하고."

무엇보다 많은 기록이 남는다.

그 안에서 각자의 이야기가 생겨나고 그것이 얽히며 역사가 이루어진다.

"역사를 자신의 손으로 만드는 것만큼 짜릿한 건 없지."

"참 욕심도 크다. 네가 원하는 기록은 뭔데?"

"메이저리그 500승?"

이렇게 말하면서도 너무 거대한 목표라 헛웃음이 절로 새어 나왔다.

사이 영이 세운 통산 511승이라는 기록은 한 해에 20승을 거둬도 25년을 던져야 했다.

89년생으로 올해 한국 나이로 서른두 살이 된 이상진에게는 더욱 멀고도 험한 길이었다.

"우선은 한 시즌 최다승부터 깨라."

역대 메이저리그 최다승의 기록은 1884년에 찰스 레드번이 세운 59승이었다.

하지만 라이브 볼 시대에 들어와서 매일 같은 투수가 등판하는 식의 선수 운용이 불가능해졌다.

그래서 현재 메이저리그에서 20승 이상 거두는 투수는 특급 투수로 구분된다.

이상진이 지금 시카고 컵스의 에이스로 대접받는 이유도 전반기에 유례없는 페이스로 10승을 넘어서 이제 15승을 넘어서려고 하기 때문이었다.

"라이브 볼 시대에 들어와서 한 시즌 최다승은 몇 승이냐?"

"음, 내가 기억하는 건 데니 맥레인이 거둔 31승인데."

메이저리그는 흔히 1920년부터 라이브볼 시대라고 부르며 그 이전의 시대와의 기록 비교를 삼가는 편이었다.

하지만 그렇게 따져도 1920년 짐 백비의 31승, 1934년 디지 딘의 30승, 그리고 1968년 데니 맥레인의 31승이 있었다.

"까마득하네."

"꾸준하게 승수를 쌓아도 될까 말까지? 큭큭, 그러니까 지금 가능한 일을 하자고."

"우선은 무볼넷 이닝의 경신인가?"

무엇보다 우상인 그렉 매덕스의 기록이라는 점이 상진의 가슴을 뛰게 만들었다.

물론 그걸 이뤄 내려면 저곳에서 흉흉한 기세로 이를 갈고 있는 뉴욕 양키스의 타선을 넘어야 했다.

*   *   *

디제이 르메휴는 꼼꼼하게 영상을 챙겨 보는 편이었다.

다른 선수들도 마찬가지긴 했지만 그는 과도할 정도였다.

"확실히 치기 어려운 공이네."

"타자들의 배트가 마치 공을 피해서 휘둘러지는 것처럼 보일 정도네."

이상진의 투구 영상은 메이저리그 타자들에게 화제의 대상이었다.

그를 상대했던 타자들은 마치 공이 배트를 피해서 움직이는 것처럼 느꼈다고 이야기했다.

옆에서 함께 보고 있던 글레이버 토레스도 고개를 절레절레 흔들었다.

"홈런은 아무래도 힘들겠는데."

"하지만 연속 안타는 더 힘들어 보여."

이상진은 장타를 거의 허용하지 않았다.

피안타율도 좌 타자 우 타자 가리지 않고 1할대 초중반에 형성되어 있었다.

"전략을 잘 짜야겠어."

"가능한 전략이 있나? 저 정도로 다양한 구종을 구사한다면 특정 구종을 노리는 것도 의미가 없어."

게다가 간간이 사이드암 스로로 던지는 공은 무척이나 까다로웠다.

사이드암 스로로 던지는 패스트볼은 스리쿼터보다 느린 93~4마일에 형성되지만 붕 떠오르는 듯해서 오히려 치기 어려웠다.

"우선 사이드암을 버린다."

디에지 르메휴는 소거법으로 가장 낮은 확률부터 제거했다.

타자의 주의를 환기시키거나 혹은 집중을 흐트러뜨리기 위해 던지는 사이드암을 신경 쓰는 것보다 아예 잊어버리는 게 좋았다.

"구사 비율이 가장 낮은 체인지업도 버린다. 우리가 노릴 건 우선 포심과 투심, 그리고 슬라이더야."

"젠장. 구종 3가지만 가지고 가도 너무 범위가 넓어."

이상진의 주력 무기는 100마일에 달하는 포심과 95마일로 던지는 투심, 그리고 슬라이더였다.

체인지업의 구사 비율은 9퍼센트 정도였고 커브도 17퍼센트나 됐지만 그걸 전부 제외하면 나머지 확률은 74퍼센트로 정리된다.

"그러면 우리가 신경 쓸 건 포심과 투심, 슬라이더라 이거지?"

"하나 더 있어. 구속을 바꾸는 거지."

"젠장. 뭐가 이렇게 복잡해?"

공략법을 의논하면서 머리가 점점 복잡해지자 다른 타자들은 인상을 찌푸렸다.

이만큼 난해하고 다양한 패턴을 가진 투수는 메이저리그에서도 정말 드물었다.

"어째서 다른 팀에서 이상진을 상대로 점수를 내지 못했는지 이해가 될 정도야."

"스프링 트레이닝 기간부터 모든 영상을 찾아서 확인해 봤지만 가장 큰 문제는 따로 있어."

"뭔데?"

디제이 르메휴는 한숨을 쉬었다.

"지금도 성장하고 있어."

"미친. 그게 사람이냐?"

메이저리그의 선수들 대부분은 어느 정도 성장을 마친 상태로 올라온다.

그만큼 마이너리그의 육성은 체계가 잡혀 있었다.

특정 선수가 메이저리그에 와서 성장했다는 이야기는 메이저리그의 경기 템포에 적응해서 본래의 실력을 발휘하게 됐거나 혹은 정말로 발전한 특이 케이스에 해당됐다.

그런데 지금 르메휴는 이상진이 그 특이 케이스라고 말하고 있었다.

"제구력은 볼넷을 56이닝이나 주지 않을 정도로 발군이지. 구속은 최고 100마일까지 찍지. 웬만한 타자들조차도 밀려날 구위도 가지고 있지. 약점은 진짜 없나?"

"지난번에 제이콥 디그롬이 멘탈을 흔들어 보려고 했다던데."

"아아! 그 따라 하기? 된통 당했던데?"

"그 말대로 실패한 모양이야. 그래도 간혹 멘탈이 흔들리는 모습을 보이곤 하는데 순식간에 회복하더라."

양키스 타자들은 일제히 한숨을 내쉬었다.

악의 제국이라 불리며 동시에 메이저리그 최강의 타선임을 자부하는 그들이었지만 오늘 상대는 생각보다 까다로웠다.

"어쩔 수 없나?"

"조심해야겠지."

양키스 타자들은 눈빛을 주고받으며 고개를 끄덕였다.

*   *   *

―이상진이 1회를 힘겹게 막아 냅니다!

―무사 1, 2루에서 병살타와 땅볼로 이닝을 마무리 짓습니다!

시카고 컵스의 선수들은 충격과 공포 속에서 더그아웃으로 들어오는 이상진을 맞이했다.

한 경기에 안타 하나 맞는 모습도 보기 힘들던 이상진이 한 이닝에만 안타를 두 개나 허용했다.

"야, 괜찮냐?"

마운드의 이상진만이 아니라 포수 조나단도 당혹스러웠다.

공은 평소대로 던졌고 컨디션도 별 이상이 없었다.

포심 패스트볼은 여전히 98~9마일을 기록했고 투심이나 슬라이더가 꺾이는 각도 예리했다.

그런데 그걸 양키스의 타자들은 어렵지 않게 쳐 냈다.

"뭔가 이상해."

"일단 구위가 먹히는 건 맞아. 배트가 밀려나는 게 눈에 보였으니까. 네 공에 변화가 없는데 저쪽에서 치는 거면……."

"코스를 읽히고 있다고 봐야지."

그나마 1회에는 구위로 밀어붙여서 아웃카운트를 잡아냈다.

하지만 지금 던지는 공의 코스를 읽히고 있었다.

더욱 답답한 건 어째서 코스를 읽히는 건지 알 수 없었다.

"우연일까?"

은근슬쩍 다가온 조나단이 물었다.

지금 짐작 가는 상황이 하나 있긴 했다.

하지만 굳이 말로 하진 않았다.

"2회가 되면 확실하게 알 수 있겠지."

"그래도 일단 바꿔보는 게 어떨까?"

의심 가는 건 역시 사인 훔치기였다.

사인을 훔치는 방법은 여러 가지가 있는데, 가장 많이 쓰이는 건 역시 출루한 타자가 읽어 내는 방법이었다.

하지만 출루하기 전에 사인을 어떻게 훔쳤느냐가 문제였다.

"우연일까?"

"조나단, 세상에 우연은 없어. 필연 같아 보이는 필연이나, 우연 같아 보이는 필연이 있을 뿐이야."

"그거 좀 적어 두자. 나중에 나도 어디 인터뷰할 때 써먹자."

긴장을 풀어 주려는 파트너의 너스레에 피식 웃은 상진은 사인을 교체했다.

하지만 사인을 바꿔도 이어지는 상황은 마찬가지였다.

상진은 2회 말 처음으로 올라온 양키스의 7번 타자 애런 저지에게 안타를 허용했다.

"후우, 후우, 빌어먹을."

메이저리그에 진출해서 처음 맛보는 굴욕이었다.

한국에서 정점에 오른 이후 이렇게까지 자신을 두들기는 팀은 처음이었다.

두 번째 타석에 들어선 애런 힉스의 히죽거리는 표정이 마운드에서도 확실하게 보였다.

조나단과 사인을 교환한 상진은 초구로 포심을 선택했다.

스위치히터인 힉스에게 일단 바깥으로 빠지는 커브를 던졌다.

"볼!"

마치 볼이 날아올 것을 알고 있었다는 듯 걸러 내는 그를 보며 이제는 확신할 수 있었다.

지금 자신이 조나단과 주고받는 사인이 완벽하게 양키스에게 알려지고 있었다.

*   *   *

수비를 끝내고 벤치로 돌아온 선수들의 얼굴은 하얗게 질려 있었다.

무엇보다 그들이 믿고 지지하던 에이스의 얼굴이 잔뜩 굳어 있었다.

"젠장! 빌어먹을!"

시카고 컵스의 벤치는 충격과 공포로 가득 차 아무도 말을 꺼내지 않았다.

이상진이 2회 만에 1실점을 하는 모습은 그들에게 너무나 큰 충격이었다.

조나단은 입술을 깨물며 짓씹듯 말을 내뱉었다.

"저 자식들, 사인을 훔치고 있는 거겠지?"

"아무래도 그것밖에 없지 않겠어? 그러지 않고서야 리의 공을 저렇게 툭툭 쳐 낼 리가 없어."

본래 2회까지 20개가 될까 말까 했던 투구 수가 오늘은 무려 36개나 됐다.

하지만 지금 중요한 건 그게 아니었다.

이상진이 연속으로 안타를 맞은 데다가 실점까지 했다.

2회에도 반복된 현상에 모두 같은 생각을 하고 있었다.

"대체 어떻게 사인을 훔치는 거지?"

어떤 방법인지 알 수는 없었지만 분명 이상진과 조나단 사이에서 주고받는 사인을 양키스 타자들이 알아내고 있었다.

휴스턴처럼 기계를 사용하는지 어떤지는 몰라도 분명 사인을 훔치고 있었다.

안 그래도 올 시즌을 시작하기 전에 휴스턴이 기계를 이용해 사인을 훔쳤던 일로 인해 많이 시끄러웠었다.

"주자들에게 뭔가 특이한 변화는 없었나?"

데이비드 로스 감독은 아까 그라운드에 나갔던 코치들에게 물었다.

하지만 그들도 고개를 가로저을 뿐이었다.

타자들이 뭔가 특별한 사인을 보내는 것 같은 움직임은 없었다.

시카고 컵스의 선수들은 얼굴이 시뻘겋게 달아올라 있었다.

사인을 저렇게 대놓고 훔치는 놈들에게 사정 봐 줄 이유는 없었다.

"벤치 클리어링 한번 해 버려? 다 뒤엎어 버리자고!"

하지만 씩씩거리는 그들과 달리 이상진은 뭔가 곰곰이 생각하고 있었다.

"어쩔래?"

"벤치 클리어링 따윈 필요 없어. 굳이 저런 거에 휘둘릴 생각도 없고."

분노로 부들부들 떨고 있는 조나단을 바라보던 상진은 자리에서 일어나며 씩 웃었다.

"우리는 우리식으로 가자고."

이상진에게 1점을 뽑아낸 양키스의 타자들은 의기양양했다.

그도 그럴 것이 지금 그들이 상대하고 있는 투수는 메이저리그에서 0점대 방어율을 기록하고 있는 투수였다.

현 시점에서 메이저리그 최고 투수를 무너뜨리고 있단 사실이 그들에게 고무적이었다.

"응?"

벌써 타순이 한 번 돌았고 4번 타자인 디제이 르메휴가 선두 타자로 타석에 들어섰다.

그런데 3회 말 양키스 공격을 맞이한 이상진에게서 별다른 움직임이 없었다.

양키스의 벤치에서도 당혹스러운 표정이 됐다.

포수인 조나단 루크로이도 뭔가 사인을 주고받는 듯한 손짓도 없었다.

더욱 놀라운 건 이상진이 고개를 끄덕이나 가로젓는 동작조차 없이 와인드업을 했다.

'사인도 안 주고받고?'

몸 쪽 깊숙이 들어오는 투심 패스트볼이 마치 몸에 맞을 것처럼 날아오자 르메휴는 흠칫 놀랐다.

하지만 공은 그를 맞힐 듯하다가 급선회해서 스트라이크존 안으로 들어갔다.

"스트라이크!"

어안이 벙벙한 얼굴로 조나단과 이상진을 한 번씩 쳐다본 디제이 르메휴는 입술을 깨물었다.

이건 사인을 바꾼 수준이 아니었다.

'이 미친 자식들.'

공이 또 날아오고 이번에도 스트라이크존 안으로 들어왔다.

하지만 1회 때와 다르게 르메휴는 공에 손도 댈 수 없었다.

'사인을 아예 안 주고받는 거야?'

벤치 쪽을 다시 바라봤지만 아무런 사인도 오지 않았다.

다음에 던질 공에 대한 정보가 아예 없다는 말이기도 했다.

관중석 쪽에 심어 둔 전력 분석팀 직원을 흘끗 바라봤지만 그쪽도 상당히 복잡해 보였다.

"스트라이크! 아웃!"

벤치로 돌아온 디제이 르메휴는 헬멧을 내던지며 외쳤다.

"대체 어떻게 된 겁니까?"

"어떻게 되긴. 사인이 없어."

아웃당한 건 선두 타자로 나온 디제이 르메휴만이 아니었다.

이어서 나온 두 번째, 세 번째 타자도 전부 손도 발도 쓰지 못하고 이상진에게 아웃카운트를 헌납해야 했다.

그때 관중석에서 연락이 들어왔다.

하지만 그쪽도 마찬가지였다.

사인을 주고받지 않고 그냥 던진다는 말만이 돌아왔다.

1루와 3루에 나가 있던 코치들도 마찬가지로 어이없단 반응이었다.

"그게 말이 되냐고!"

"사인을 주고받지 않아도 뭘 던질지 안다는 소리야?"

물론 그런 건 아니었다.

세 타자를 연속으로 잡아낸 상진은 그제야 좀 개운하다는 표정을 지었다.

그를 뒤따라 벤치로 들어온 조나단은 짜증스러운 얼굴로 상진의 옆에 털썩 주저앉았다.

"아이고, 기억하기도 힘들었다."

"늙어서 그래."

"닥치고. 다음 이닝에는 뭘 어떻게 던질래?"

사인을 교환하는 건 그때그때 공략법을 바꿀 수 있다는 장점이 있었다.

하지만 조나단과 이상진은 그런 미적지근한 방법을 쓰지 않았다.

"한 이닝에 15개를 던진다고 가정하고 그 순서를 무작위로 정하자니. 말이 되는 소리를 해야지."

"시끄럽고 주사위나 던져."

게다가 그 순서를 정하는 게 주사위였다.

숫자 1이 나오면 포심, 2가 나오면 투심, 3이 나오면 슬라이더라는 식이었다.

이렇게 순서를 정하니 완벽할 정도로 패턴이라는 게 존재하지 않았다.

워싱턴 내셔널스 같은 경우는 투수들이 사인 패턴을 몇 개씩 가지고 마운드에 올랐다.

투수는 모자에, 포수는 팔목에 사인 패턴을 적어 놓고 사인을 훔친다는 느낌이 들 때마다 계속 패턴을 바꿨다.

하지만 이렇게 즉흥적으로 주사위를 굴려 뭘 던질지 정하니 양키스 쪽에서 아무리 패턴과 투구 순서를 알아내려고 해도 무의미했다.

"그런데 정말 패턴이 없으니 기억하기도 힘들다."

"사인 훔치기에 마땅한 대응책을 내놓지 못하면 툴툴거리지 말고 외우기나 해."

미리 던질 공을 정해서 마운드에 올라가니 사인을 주고받는 시간도 절약이 됐다.

그래서 양키스 타자들이 뭔가 머리를 굴릴 시간조차 주지 않기도 했다.

"효과가 있기는 하니 뭐라 불평할 수도 없네."

*　　　*　　　*

시카고 컵스의 벤치에서는 눈에 불을 켜고 관중석을 훑어봤다.

벤치뿐만이 아니라 그라운드에 수비하러 나온 선수들도 시간이 빌 때마다 관중석을 둘러봤다.

확실하지는 않아도 분명 어딘가 노골적으로 사인을 훔치는 사람이 있을 터.

그때 상진의 눈에 누군가 들어왔다.

"저건?"

시카고 컵스 벤치 위쪽에 쌍안경을 쓰고 있는 사람이 있었다.

그것만이라면 모르겠지만 계속 연락을 하고 있었다.

그것도 휴대폰이 아니라 작은 무전기처럼 생겼다.

"저건가 보군."

상진은 바로 손을 들어 심판을 호출했다.

"심판!"

설명을 전해 들은 심판은 바로 상진이 알려 준 방향을 바라봤다.

쌍안경을 끼고 무전기를 들고 있던 남자는 갑자기 자신에게 시선이 쏠리자 당혹스러운 얼굴로 자리에서 일어났다.

하지만 그것보다 빠르게 심판이 그를 지적했다.

"거기 있는 사람!"

그는 허둥거리며 도망쳤지만 지시를 받은 보안 요원들이 서둘러 그에게 다가갔다.

그리고 데이비드 로스 감독이 밖으로 나와 거칠게 항의했다.

"관중석에 있는 사람이 사인을 훔쳐서 알려 주다니! 이게 말이나 되는 소리냐!"

순식간에 경기장이 들끓기 시작했다.

안 그래도 휴스턴 애스트로스에서 2019년 사인을 훔치며 큰 파문을 불러일으킨 적이 있었다.

그런데 하필이면 뉴욕 양키스에서 사인 훔치기 의혹이 생겨 버렸다.

홈팬들은 일제히 아니라고 주장하며 시끄럽게 떠들어 댔고 양키스 벤치에서도 극구 부인했다.

"말도 안 돼! 우리는 사인을 훔치지 않았어!"

"그러면 저 사람을 퇴장시키는 데 이의는 없겠지?"

외부인을 섭외했기에 일단 뒤를 밟힐 여지는 어느 정도 없애 놓긴 했다.

그리고 여기에서 퇴장시키는 데 이의를 제기한다면 오히려 의심을 받게 된다.

양키스 측에서는 제대로 사인을 훔친 것도 얼마 안 되는데 그런 의심까지 사서 불에 기름을 끼얹을 수는 없었다.

"의외로 순순한데?"

"괜히 의심을 살 이유는 없으니까."

소란을 틈타 마운드를 방문한 조나단의 말에 상진은 심드렁하게 대꾸했다.

"그러면 이제 사인을 주고받아도 되나?"

"아니, 끝까지 가야지. 저 사람 하나만 있을 거라고 생각하는 게 너무 순진한 거 아니야? 그리고 완투를 생각하면 투구 수도 좀 더 절약해야 하잖아."

그제야 조나단은 왜 이상진이 아직도 퉁명스러운 표정인지 이해할 수 있었다.

지금 이 녀석의 머릿속에는 오늘 경기를 끝까지 이끌어 나갈 생각뿐이었다.

그래서 확실하지 않은 제2의 범인도 경계하면서 동시에 투구 수를 절약하는 것도 고민하고 있었다.

"오늘같이 꼬인 날에는 적당히 던져도 돼. 그리고 너 등판하는 날에 불펜 놈들 늘어지는 거 보기 싫지 않냐?"

"내 마운드를 딴 놈한테 넘겨주는 게 더 싫어."

"괜한 고집이야. 뭐, 덕분에 불펜이 네 경기 때는 편하게 쉬어서 팀 운영에 도움이 되긴 했지. 하지만 말이야."

조나단은 오늘 사인이 읽혀서 난타당한 투수의 자존심을 보듬어 살폈다.

하지만 동시에 중요한 사실을 일깨워 주는 것도 잊지 않았다.

"가끔씩은 저기에서 손가락 빨고 있는 놈들한테 도움을 받는 것도 나쁘진 않잖아? 야구는 팀 스포츠니까."

혼자서 휘젓는 것도 정도가 있었다.

조나단은 포수였고 이상진을 전담하고 있었다.

경기를 운영하는 것보다도, 이상진의 컨디션을 확인하고 챙길 의무가 있었다.

"후우, 좋아. 하지만 던질 수 있을 만큼까진 던질 거다."

"기분 내킬 때까지 해. 하지만 100구 이상은 내가 허락 못해."

"100구만 넘기지 않으면 된다는 거지?"

그때 조나단은 이상진의 입가에 떠오른 희미한 미소를 발견하고 흠칫 놀랐다.

'이 자식 설마, 진짜 해 보려는 건가?'

3회까지 소모한 투구 수는 46개였다.

9회까지 100구로 투구 수를 맞추려면 한 이닝당 9개씩 던져야 했다.

'이놈이 아무리 괴물 같다고 해도 100구 안으로 끊을 수 있진 않겠지.'

*　　　　　*　　　　　*

1점을 냈다.

하지만 추가 점수를 낼 수가 없었다.

애런 분 감독은 얼굴을 감싸 쥐고 한숨을 내쉬었다.

"여전히 사인은 주고받지 않고?"

"그렇다고 합니다."

"그냥 던지고 받는 건가? 포수의 미트 위치로 미루어 짐작할 수 있지는 않겠나?"

들키면 메이저리그가 뒤집어질지도 모르는 수단을 강행하면 서까지 시도한 이상진 무너뜨리기였다.

그런데 그게 불가능했다.

드디어 무너뜨리나 했던 초반이 지나가자 이상진은 사인 훔치기에 대한 대응책을 들고 나왔다.

"그건 이미 해 봤지 않습니까? 불가능합니다. 미트를 높게 두다가 갑자기 내리기도 하고 바깥쪽에 대고 있다가 안으로 움직이기도 합니다. 미리 정해 두지 않고서야 이런 식으로 할 수 없습니다."

애런 분 감독은 그 말을 긍정했다.

아마도 이상진은 벤치에서 미리 던질 공을 정해 두고 나왔을 것이다.

하지만 야구는 중간중간 임기응변으로 대응할 상황이 분명 만들어진다.

아까도 빗맞은 안타를 맞았던 장면이 하나 나왔다.

그걸 마치 예측이라도 한 듯이 자연스럽게 병살타를 유도해서 넘어가는 모습은 소름 돋을 정도였다.

"타자들은?"

"혼란스러워하고 있습니다. 원래 지시를 주기로 했던 만큼 그게 어그러지니 제대로 된 대응을 할 수 없습니다."

게다가 투구 간격이 너무 짧았다.

미리 정해 두고 투구를 하니 타자들이 생각을 정리하거나 벤치로부터 사인을 받을 시간이 부족했다.

"타, 타임!"

결국 글레이버 토레스가 타임을 외치며 경기가 잠시 멈췄다.

하지만 타임을 외쳤어도 별달리 뾰족한 수가 있는 건 아니었다.

그저 잠깐 숨 돌릴 틈을 찾고 싶을 정도로 투구 간의 간격이 너무 짧았다.

'어쩌지? 어쩌지? 젠장. 방법을 못 찾겠어.'

도저히 방법을 찾지 못해 허둥거리는 표정이 역력했다.

포수 마스크 너머로 보이는 글레이버 토레스의 표정을 보며 조나단은 피식 웃었다.

'Let sleeping dogs lie. 너희는 자고 있는 개를 그냥 자게 뒀어야 했어.'

그것도 하필이면 성질 더러운 불독을 건드렸다.

사인도 훔치지 못하는 데다가 오늘 이상진은 단단히 열을 받아 있었다.

'얄팍한 수에 걸렸다고 해도 1점이나 내준 게 무척 스트레스인가 보네.'

평소보다 공에 걸리는 회전이 더 강렬했다.

그렇게 공을 잡아채는 힘이 더 강해졌는데도 제구하는 데는 아무런 문제가 없었다.

"스트라이크! 타자 아웃!"

전광판에 다시 새겨진 100이라는 숫자가 눈에 들어왔다.

조나단은 더그아웃에 들어와 이상진의 생각을 감독에게 전했다.

데이비드 로스 감독도 100구로 제한하자는 의견에 동의했다.

—이상진! 8이닝을 1실점으로 막아 냅니다!

—시카고 컵스의 타선이 6회와 8회에 득점하며 7 대 1로 유리한 상황이 됐습니다!

그런데 믿을 수 없는 일이 실제로 벌어지고 있었다.

2회까지 투구 수가 36개에 달했던 이상진이 7회까지 기록한 투구 수는 고작 83개였다.

'이런 미친놈. 진짜로 해낼 생각인가?'

이상진은 8회 말 양키스의 공격을 다시금 막아 냈다.

공 아홉 개로 삼진 세 개를 잡아내며 92개로 이닝을 마무리하고 더그아웃으로 돌아가는 이상진을 향해 팬들은 홈 원정 가릴 것 없이 기립 박수를 보냈다.

—이상진 선수가 초반에 흔들렸지만 오늘도 완투할 기세입니다!

—정말 대단한 투수네요. 그런데 3회에 사인 훔치기 의혹이

나왔는데 어떻게 생각하십니까?

ㅡ사인을 훔치려고 한 건지는 확실하진 않습니다. 다만 그 관중이 퇴장당한 이후에 이상진 선수의 투구가 급격히 좋아진 건 확실합니다.

ㅡ그런데 3회부터 아예 사인을 주고받지 않는 듯하더군요.

해설자와 아나운서는 신나게 이상진의 투구를 칭찬했다.

물론 실점한 것에 대해서 이야기가 많았고 관중 퇴장을 비롯해서 사인 훔치기에 대한 이야기도 있었다.

상진이 메이저리그에 진출한 이후 오늘만큼 복잡한 경기도 없었다.

ㅡ이상진이 9회에도 마운드에 오릅니다!

하지만 그는 9회에도 등판했고.

"스트라이크! 아웃!"

경기를 끝냈다.

＊　　　　＊　　　　＊

「이상진, 뉴욕 양키스전 9이닝 1실점 완투승」

「처음은 흔들렸으나 끝은 창대하다. 이상진의 양키스 정복기」

「사인 훔치기 의혹, 양키스는 사인을 훔쳤는가?」

「악의 제국이 컵스의 에이스에게 무너지다」

이상진이 1실점이나 했다는 사실이 놀라울 정도였다.

하지만 막상 메이저리그 홈페이지가 시끌벅적해진 이유는 바로 3회에 벌어진 해프닝이었다.

사인 훔치기.

이것만큼 올해 메이저리그를 자극적으로 만드는 일은 없었다.

"데이비드 로스 감독님! 양키스가 사인을 훔쳤다고 생각하시나요?"

"저는 그랬다고 생각합니다. 적어도 리는 사인 훔치기에 패턴을 바꾸기도 했지만 1회와 2회에 계속 사인을 빼앗겨 실점까지 했습니다."

"그러면 어떻게 3회부터 극복하신 건가요?"

"그건 투수와 포수 사이의 믿음으로 극복해 냈습니다."

승자 인터뷰에서 데이비드 로스 감독은 직접적으로 사인 훔치기를 거론했다.

다소 흥분한 듯한 그의 목소리에 곁에서 듣고 있던 이상진은 실소했다.

"오늘 관중석에서 퇴장된 사람은 양키스와 직접적인 연관은 없었다고 합니다만."

"보안 요원에 의하면 그 사람은 쌍안경과 무전기를 소유하고 있었다고 하더군요. 무전을 통해 어떤 이야기를 수신받은 사람이 양키스의 관계자가 아니기만을 바라겠습니다."

증거가 남지 않는 장난감 같은 무전기가 발견이 됐다.

그 사람이 양키스의 팬인 건 입증됐지만 다른 한쪽의 무전기를 확보할 수 없었기에 양키스와의 관련성도 알 수 없었다.

"이상진 선수도 양키스가 사인을 훔쳤다고 생각하시나요?"

이번에 화살이 자신에게로 날아왔다.

모여 있는 수십 명의 기자들을 둘러보면서 상진은 입가에 희미한 미소를 띠었다.

무슨 장난을 칠까 고민하는 악동 같은 미소에 멀리서 지켜보던 조나단은 흠칫 놀랐다.

'이런 젠장. 한동안 조용하길래 잊고 살았는데!'

요새 인터뷰가 너무 심심하기는 했다.

입술이 근질근질해 참을 수 없을 것만 같은 이상진의 표정을 보면서 조나단은 이마를 짚었다.

그러면서도 무슨 말을 할지 궁금하기도 했다.

"사인을 훔쳤는지 아닌지는 중요하지 않습니다."

"예?"

회견장에 모여 있던 기자들은 전부 당황한 표정으로 되물었다.

1회와 2회에 그토록 고난을 겪었는데 사인을 훔쳤는지 아닌지가 중요하지 않다니.

이해할 수 없는 말이었다.

"맥스 슈어저 선수도 이렇게 말했죠. 상관없다고."

그 말에 기자들은 전부 아연실색했고 웃음을 터뜨리는 기자들도 있었다.

맥스 슈어저는 휴스턴의 사인 훔치기 논란에 아무렇지 않게 대답했었다.

"저도 마찬가지입니다. 사인을 훔쳤다는 의혹은 분명 있지만 저는 상관하지 않습니다. 오늘 경기에서는 제가 이겼습니다."

그리고 이상진도 마찬가지였다.

"패자들이 무얼 했든 신경 쓸 생각은 없습니다."

＊　　　＊　　　＊

휴스턴과 마찬가지로 비디오 판독실에 무단으로 들어가거나 기계 등을 이용한 대대적인 사인 훔치기는 아니었더라도 파장은 상당했다.

하지만 상진은 아무것도 아니라는 듯 다음 경기를 준비했다.

그렉 매덕스가 세운 무볼넷 이닝 신기록인 72.1이닝까지 이제 7.1이닝만이 남았다.

다음 경기인 템파베이 레이스와의 경기에서 그렉 매덕스의 기록을 경신하는 일과 동시에 15승도 달성할 수 있었다.

상진은 내색하지 않았지만 속으로는 약간 흥분하고 있었다.

"야! 공이 흔들리잖아! 오늘 왜 그래? 똑바로 못 던져?"

하지만 포수인 조나단은 그 미미한 차이마저 깨닫고 쓴 소리를 했다.

"똑바로 던졌잖아!"

"15승하고 무볼넷 기록 경신 때문에 기분이 들떠 있으니까 공도 들뜨는 게 안 보여? 너 지금 평소 제구하는 것보다 공이 높게 들어오는 거 아냐고!"

뜨끔하긴 했어도 상진은 아무렇지 않게 받아쳤다.

"이 정도 공이면 웬만해서 먹힌다고!"

"그러니까 양키스 전에서 점수를 내줬지!"

"사인 훔치기 당한 거잖아!"

"상관없다고 한 건 너잖아! 사인 훔치기하고 상관이 없으면 점수를 내준 것도 사인 훔치기랑 상관이 없는 거지!"

오랜만에 투닥거리는 조나단과 이상진을 보며 데이비드 로스 감독은 요새 맛들인 콜롬비아산 커피를 입에 가져갔다.

선수들도 한동안 보지 못했던 둘의 다툼을 즐겁게 관전했다.

그리고 더욱 재미있던 건 언제나 이상진의 승리로 끝나던 말싸움이 오늘은 조나단의 승리로 끝났다는 점이었다.

"이런 젠장!"

"알았으면 가서 육포라도 씹으면서 쉬고 있어! 괜히 이상한 공 던지지 말고!"

상진은 투덜거리면서 벤치로 향했다.

안 그래도 오늘따라 투심이 약간씩 붕 뜨는 듯한 기분이었다.

벤치로 돌아가는 뒷모습을 보면서 조나단은 얼얼한 손바닥을 매만졌다.

"하여튼 적당히 좀 던지라고."

제구는 흔들려도 공에 실린 힘은 더 강했다.

늘 이상진의 공을 받는 자신의 손이 얼얼할 정도니 할 말이
없었다.

제구가 흐트러져도 평소에 스트라이크존을 9분할 하던 게 6분
할 정도로 바뀐 정도였다.

"괜찮나?"

"뭐, 괜찮습니다. 정말 괴물 같은 녀석이네요."

데이비드 로스 감독이 손을 매만지는 조나단에게 다가왔다.

이상진이 출전하는 경기에서만 전담해서 출전하는 조나단은
체력적인 부담이 덜했다.

다만 손의 통증은 어쩔 도리가 없었다.

"다음부터는 미트를 좀 두툼한 걸 써야겠어요."

"그 정도인가?"

"어제 경기에서 100구 가까이 던져 놓고 오늘도 이런 위력이
에요. 그리고 구속보다 구위가 엄청나요."

"구위?"

공을 받을 때마다 느껴지는 묵직함은 날이 갈수록 더해졌
다.

무엇보다 더욱 힘들었던 게 어제 있었던 뉴욕 양키스와의
경기였다.

사인을 제대로 교환할 수 없었고 어떤 구종을 어디로 던질

지 결정했더라도 경기 상황에 따라 조금씩 바뀌기도 했다.

그래서 기존에 교환했던 순서대로 던지지 않은 적도 있었다.

"그걸 다 잡고 놓치지 않은 것만 해도 다행이었죠."

"그런데 구위 이야기는 뭐 때문에?"

"사인을 읽힐지도 모른다고 생각하니 공을 던질 때 힘을 더 주더군요. 그런데 잡아채는 힘이 강해지니 회전이 더 강해져서 훨씬 묵직해졌어요."

감독도 고개를 끄덕이며 신음했다.

그도 포수 출신이었기에 조나단이 무슨 이야기를 하는지 이해할 수 있었다.

사인을 읽고 그 코스대로 공을 휘두르려 했다면 그걸 힘으로 찍어 누르려고 했단 소리였다.

"그래서 2이닝 동안 7피안타를 맞고도 1점만으로 억눌렀던 거군."

"이 와중에도 더 발전할 수 있다는 게 경이로운 녀석이에요."

*　　　　*　　　　*

'울컥해서 쓰긴 했는데, 아깝네.'

상진은 벤치에 앉아서 자신의 스테이터스 창을 들여다보며 한숨을 쉬었다.

어제 양키스와의 경기에서 울컥해서 남아 있던 코인을 전부 들이부었다.

[사용자: 이상진(투수)]

―체력: 116/120

―제구력: MAX

―수비: 96

―최고 구속: 시속 160킬로미터

―평균 회전수: 2,603RPM

―보유 구종: 포심 패스트볼 (SS), 커브 (A), 슬라이더 (S), 체인지업 (A), 투심 패스트볼 (S), 컷 패스트볼 (B)

―보유 스킬: 8개 (목록은 클릭 시 활성화됩니다.)

―남은 코인: 1

스킬은 하나도 얻지 못했지만 구위가 크게 올라갔다.

그것만 한 성과는 따로 없었다.

덕분에 2회에 1실점 한 이후 추가 실점을 하지 않을 수 있었다.

"게다가 7회부터는 한계 돌파 스킬로 무난하게 잘 넘겼고."

"어우, 깜짝 놀라게 하지 마세요. 그리고 다른 사람 눈에 안 보인다고 해도 제가 혼잣말하면 이상하게 볼 거예요."

상진은 바로 옆까지 저승사자 상태로 다가온 영호를 발견하고 화들짝 놀랐다.

이렇게 벤치까지 불쑥불쑥 찾아오는 것도 참 오랜만이었다.

"또 불만이 많아서 구시렁댄다고 생각할 거다. 한국말로 해 봤자 아무도 못 듣고 아무도 신경 안 써."

"그래서 무슨 일로 온 건데요? 전할 이야기라도 있어요?"

보통 구단이나 국가대표 등과 관련된 일은 집이나 혹은 오가는 차 안에서 해도 되는 일이었다.

그런데 예고 없이 갑자기 찾아왔다는 건 뭔가 급한 일이 생겼다는 뜻이었다.

"그냥? 시카고 컵스의 로커 룸까지는 들어가 봤어도 더그아웃과 그라운드 쪽은 가 본 적이 없어서."

"그냥 궁금해서 왔다는 거네요."

맥 빠지는 말에 상진은 절로 한숨을 쉬었다.

물론 영호는 그냥 오지 않았다.

싱글벙글 웃으면서 상진을 놀린 영호는 머리를 툭 치면서 말했다.

"사실 일이 하나 있긴 하다."

"뭔데요?"

"네 소집 일정이 결정됐어."

대한민국 국가대표 팀과 시카고 컵스 사이에서의 일정 조율이 끝났다.

그게 끝나니 영호는 바람처럼 달려온 것이었다.

그리고 그건 상진이 바라던 소식이기도 했다.

"그래서 언제인데요?"

"7월 28일. 26일에 세인트루이스 카디널스와의 경기를 마치고 이동한다."

7월 29일이 바로 개막전이었다.

비행기를 타고 이동하는 시간과 시차 적응 등을 고려한다면 개막전 출전은 아예 무산된 거나 다름없었다.

"그건 좀 아쉬운데요."

"시카고 컵스가 그건 참 고집스럽더라. 너를 보내 주는 대신에 최대한 쓸 만큼은 쓰겠다는 거지. 대신에 네가 복귀하면 일주일 휴가는 준다더라."

"그거 눈물 나게 고맙네요."

비아냥거리듯 이야기했어도 시카고 컵스는 여태껏 자신에게 이야기했던 걸 모두 지켰다.

물론 중간에 잡음이 있기는 했다.

사실 위약금이 있다고 해도 시카고 컵스가 보내 주지 않는다면 상진이 억지로 갈 방법은 없었다.

하지만 그들은 막지 않았다.

"무엇보다 카디널스와의 경기는 라이벌전이니까 어떻게든 네가 필요하다는 거겠지."

"저는 마음에 안 들어요."

"어째서?"

"토니 스미스 때문에 그래요. 이번에 또 잡아낸다고 해도 한동안 또 못 보게 되잖아요?"

영호는 뜻밖이라는 표정을 지으며 상진의 얼굴을 뚫어져라 바라봤다.

지난번에 상대한 이후 한동안 이야기가 없어서 신경 쓰지 않는다고 생각했다.

그런데 방금 전에 한 말에는 이상진이 토니를 상당히 의식하는 느낌이 묻어 있었다.

"신경 쓰이냐?"

"당연히 신경 쓰이죠. 이번에 잡으면 확실하게 잡아야 하는데 올림픽에 다녀오면 또 회복해서 덤벼 올 거 아니에요. 지난번에도 제대로 짓밟아 놓지 못했는데 이번에도 그러면 울화통이 터질 거예요."

올해 타율만 3할 5푼을 치면서 메이저리그에서도 수위 타자로 떠오른 신성이 토니 스미스였다.

덕분에 같은 내셔널리그 중부 지구에 있는 라이벌 세인트루이스 카디널스와의 승차도 얼마 되지 않았다.

그것 때문에 시카고 컵스가 올림픽에 보내는 일정도 늦어졌다.

"같은 리그 같은 지구 라이벌전인데 이렇게 드문드문 만나게 될 줄은 몰랐어요."

"경기 일정이라는 게 어디 네 마음대로 되냐. 그건 그렇고, 선발은 될 것 같냐?"

상진은 씩 웃었다.

너무 당연한 일이었다.

그런 질문을 받는 것부터가 무의미했다.

*　　　*　　　*

6월 30일은 모두가 기다리던 날이었다.

훈련을 하던 선수들도 잠시 숨을 고르며 결과를 지켜봤다.

물론 결과는 너무 뻔했다.

그 뻔한 결과에도 확인하고 싶었으며 동시에 다른 선수들은 혹시나 하는 마음이었다.

"발표 나왔다!"

"오! 누구냐? 누가 됐어?"

메이저리그 MLB사무국의 발표에 시카고 컵스의 선수들 모두 관심을 보이며 우르르 몰려갔다.

명단을 들고 온 앤디 그린 벤치 코치는 상진을 흘끗 보면서 웃어 보였다.

"리, 축하한다."

7월 14일, LA 다저스의 홈구장인 다저스타디움에서 열리는 올스타전.

이상진은 여기에 역대 한국인 선수 중 다섯 번째로 발을 딛게 됐다.

메이저리그의 미친 존재감

「이상진, 역대 다섯 번째 한국인 메이저리거 올스타」

「이상진과 유형진, 동시에 메이저리그 올스타전 출전, 중계 일정은?」

　7월에 벌어지는 메이저리그 올스타전은 한국에서 열리는 올스타전 이상의 규모를 자랑했다.

　홈런 레이스는 물론이고 걸리는 상금부터 시작해서 모든 면이 월등했다.

　그리고 세계 각국에서 모인 선수들 중에 고르고 골라서 뽑힌 선수들만이 영광스러운 그 자리에 참가할 수 있었다.

　"메이저리그 진출한 첫해에 올스타라니! 미친 거 아니냐고!"

"이게 한국의 천재 투수 이상진이지!"

"메이저리그 가자마자 폭격을 하더니 올스타전까지!"

메이저리그에서 난다 긴다 하는 선수들도 쉽게 출전하기 어려운 게 올스타전이었다.

게다가 한때는 올스타전에 승리한 리그 우승 팀에 월드시리즈에서 홈경기 개최 권한을 주는 특별 혜택이 있었다.

그래서 선수들은 열을 올리며 전력을 다하기도 했었다.

물론 지금은 월드시리즈 진출 팀의 정규 시즌 승률로 결정되도록 바뀌었기에 의미는 많이 퇴색됐다.

그래도 올스타전은 메이저리그 선수들이 그리는 무대 중 하나였다.

다만 상진은 조금 심드렁한 반응이었다.

"어차피 야수들은 그렇게 결정돼도 투수는 아니잖아?"

올스타전에 출전하는 타자들은 두 차례의 투표를 거쳐 아메리칸리그 9명, 내셔널 리그 8명이 선발됐다.

하지만 투수와 교체 야수는 사무국 추천이나 선수 투표로 결정된다.

한국에서처럼 팬 투표로 전부 결정되는 것과는 사뭇 달랐다.

그래서 팬들의 선택을 받는 것이 아니었기에 상진은 별로 대단하다 생각하지는 않았다.

"그래도 아무도 이견이 없는걸. 너무 구시렁거리지 마라."

"누가 구시렁댄다고 그래요?"

"너, 바로 너. 거기서 치킨너겟만 주야장천 입안에 처넣고 있는 너!"

상진은 씩 웃으면서 어깨를 으쓱거렸다.

"올스타가 된 건 당연히 기쁘죠. 다만 팬들의 선택이었으면 어떨까, 하는 바람이 있었을 뿐이에요."

"그래서 꿀 같은 휴식도 포기하고?"

"솔직히 힘들지도 않으니까요."

늘 먹고 운동하면서도 체력적인 관리 역시 놓치지 않고 있었다.

사실 스프링 트레이닝 기간에 있었던 체력 테스트에서도 이상진은 시카고 컵스 선수들 중 1위를 해내기도 했었다.

이미 완봉이나 최소한 8이닝 투구를 밥 먹듯이 해내고 있는 이상진의 체력은 완성된 거나 다름없었다.

"지금 그런 걸 생각하고 있진 않거든요."

"올림픽이냐? 아니면 무볼넷 이닝 신기록이냐?"

"둘 다죠. 하나만 생각하고 있을 리가 있겠어요?"

우선 그렉 매덕스가 세운 72.1이닝의 기록을 깬다면 내셔널리그 신기록을 달성하게 된다.

그리고 84.1이닝을 돌파한다면 아메리칸리그 캔자스시티 로얄스 소속이었던 빌 피셔가 세운 기록을 넘어서 메이저리그 신기록을 달성하게 된다.

하나하나 해내야겠지만 이미 사정권에 들어온 기록인 만큼 욕심을 더 내고 싶었다.

　　　　　＊　　　　　＊　　　　　＊

"이상진은 기록의 작성을 눈앞에 두고 있다."

이상진이 볼넷을 거의 주지 않아 무볼넷 이닝의 기록을 경신할지도 모른다.

그 사실을 탬파베이 레이스도 잘 알고 있었다.

그와의 경기에 선발로 등판할 블레이크 스넬도 알고 있었고 그의 공을 상대해야 하는 타자들도 잘 알고 있었다.

"대부분의 선수들은 기록을 의식하기 시작하면 그때부터 공략할 여지가 생긴다."

케빈 캐시 감독은 그 점을 짚고 있었다.

이상진의 무볼넷 이닝 기록 경신.

이것을 이뤄 내기 위해서라면 공은 스트라이크존 안에 들어와야 한다.

"애초부터 이상진은 스트라이크존 안에 적극적으로 공을 집어넣는 투수로 알려져 있다. 그만큼 볼을 아예 던지지 않는 건 아니지만 어찌 됐든 스트라이크가 될 확률이 생각보다 높아졌다고 볼 수 있겠지."

"3볼이라면 그다음에는 무조건 스트라이크라고 생각하면 되겠군요."

헌터 렌프로의 말에 다들 웃었다.

여러 가지로 복잡했지만 지금 상황은 그의 말대로 생각하는 편이 가장 손쉬웠다.

"저는 홈런을 노려 보겠습니다."

그는 고교 시절부터 스카우팅 리포트 80점 만점에 70점을 받은 장타력을 자랑했다.

메이저리그에 올라와서도 더욱 갈고 닦았기에 더욱 인정받았다.

그런데 공이 스트라이크존 안으로만 들어온다고 생각한다면 보다 범위를 줄일 수 있었다.

공갈포라는 놀림을 받는 그라도 범위가 줄어들면 장타 생산성이 더 좋아질 수밖에 없었다.

"자신만만한 건 좋다. 하지만 방심하지 마라. 상대는 현재 메이저리그에서 가장 낮은 평균 자책점과 WHIP, 그리고 무엇보다 누구보다 많은 삼진을 기록하고 있는 남자다."

처음에는 낮은 계약금이라 하여 모두가 무시했던 투수였다.

하지만 보장받은 선발 5경기에서 옵션을 달성했고 마이너리그 거부권과 트레이드 거부권을 획득했으며 천만 달러에 달하는 옵션도 행사할 수 있게 된 투수.

메이저리그를 돈이 아니라 실력으로 뒤흔들고 있는 남자.

그가 바로 이상진이었다.

＊　　　　＊　　　　＊

무볼넷 연속 기록을 신경 쓰는 건 탬파베이 선수들만이 아니었다.

시카고 컵스에서 가장 신경 쓰고 있는 건 바로 조나단이었다.

올 시즌 절정에 달한 그의 프레이밍 실력으로 이상진과 함께하며 숱한 삼진을 만들어 냈다.

전성기 시절의 능력을 다시 되찾은 듯한 조나단은 자신이 전담하는 투수를 흘끗 바라봤다.

"뭘 봐?"

"탬파베이 레이스 선수들의 영상. 팀 뎁스가 얇다고 들었는데 생각보다 타격은 좋네."

"아무래도 1군 선수들은 그렇긴 하지."

메이저리그의 선수들은 아무리 뎁스가 얇은 팀이라고 해도 무시할 수는 없다.

물론 팀 내에 최상위권 선수들이 많느냐 적느냐, 얼마나 활약해 주느냐가 그 시즌의 성적을 좌우하게 된다.

"블레이크 스넬은 어떤 선수지?"

"음? 알고 있던 거 아니었어?"

"자료는 봤는데 아무래도 나보다 네가 경험이 더 많을 테니까."

성적을 정리해 놓은 데이터나 투구 영상, 타격 영상보다 더 정확할 수 있는 건 바로 직접 겪어 본 선수들의 경험담이었다.

"어떻게 보면 너의 하위 호환격인 선수야."

"그래?"

"패스트볼, 슬라이더, 커브, 체인지업. 이렇게 놓아 보면 평범한 구종들이지만 실제로는 구종 가치가 상위권에 놓일 정도로 좋은 모습을 보이지. 나도 몇 번 당한 적이 있었어."

최고 구속은 97~98마일에 육박하는 포심 패스트볼을 앞세우고 그에 못지않은 변화구를 던져서 아웃카운트를 잡아낸다.

무엇보다 다양한 구종으로 타자의 타이밍을 빼앗는 게 일품이었다.

"그래? 생각보다 좋은 투수인가 보네."

"데이터 본 거는 맞지?"

"알아. 사이 영 상을 수상했다는 것도 알고 작년에 죽을 쑤다 못해 폭망했다는 것도 알고 있지. 무엇보다 제구력이 망가졌다는 사실도 알겠어."

작년과 올해의 성적 모두 좋지 않았다.

BABIP 수치가 5푼이나 높아진 건 둘째치더라도 실투의 비율이 상당히 늘어났다.

이게 어째서인지는 상진 역시 같은 투수 포지션이기에 이유를 알 수 있었다.

"제구력이 망가진 이유가 뭔데?"

구속이나 구위, 구종 구사율 등에서는 아무 문제가 없었다.

다만 실투가 늘어났다는 것뿐.

"여러 가지가 있겠지만 일단 너무 제구에 치우친 투구를 한 것 같아. 과거 영상과 비교하면 제구력이 점점 좋아지는 게 눈에 보여. 문제는 투수 본인이 그거에 너무 취한 나머지 제구력으로 타자를 농락하는 데 집중해 버렸다는 거지."

상진도 비슷한 경험이 있었다.

공을 던지면 원하는 곳에 족족 틀어박히는 게 너무 즐거운 나머지 경기 도중에도 심취해 버렸다.

하지만 단순히 제구력이 좋은 것에 집중하다 보니 경기의 흐름에서 벗어나 버렸다.

결국 타자에게 구종을 읽혔고 구속과 구위가 약하다 보니 난타를 당하기 일쑤였다.

"인마, 너는 투수보다 타자를 신경 써야지."

"알고 있어. 너 들으라고 하는 소리야. 요새 타율이 오죽 떨어졌어야지."

"2할 7푼이 넘거든?"

다시 투닥거리면서도 조나단은 빙그레 웃었다.

오늘 공을 받아 보면서 이상진이 다시 정상 컨디션으로 돌아왔음을 확인했다.

남은 건…….

"이번 경기는 어떻게 될 것 같아?"

그렉 매덕스의 기록 경신.

기록 단 하나지만 우상을 뛰어넘는다는 가슴 뛰는 순간을 이상진은 어떻게 받아들일까 궁금했다.

"이번 경기? 다를 거 없잖아?"

다만 상진의 반응은 재미없을 정도로 무덤덤했다.

"어차피 내가 승리를 거둘 경기니까."

*　　　　*　　　　*

　탬파베이 레이스의 선수들은 경기장에 모습을 드러낸 이상
진을 보며 긴장한 기색을 보였다.

　이상진은 이제 메이저리그 타자들의 경계 대상에서 두려움
을 불러일으키는 대상이 되었다.

　"뭘 저렇게 쳐다본대. 동물원 원숭이라도 된 기분인데?"

　"원숭이보다는 사자 아닐까? 맹수, 취급 주의. 이런 식이지."

　"내가 맹수라는 소리냐?"

　"당연하지. 메이저리그를 폭격해 대고 있는 한국인 투수, 미
스터 리. 미스터리한 미스터 리."

　이제는 일종의 응원가처럼 리듬까지 타며 불리는 별명이었다.

　미스터리한 미스터 리.

　주차장에서부터 경기장 안 불펜까지 오면서 쉬지 않고 들을
수 있었다.

　"너무 라임이 좋아서 불만스럽냐?"

　"깐족거리지 마라. 진짜 경기 중에 공을 마스크로 던지는 수
가 있다?"

　툴툴거리긴 해도 이상진은 희미하게 미소를 지었다.

　언터쳐블이라든가, 미스터리한 미스터 리라든가.

　혹은 21세기 시카고의 새로운 마피아라고 하는 사람도 있었
다.

좋은 나쁘든 간에 자신에 대한 별명이 점점 늘어나는 건 기분 좋은 일이었다.

"야! 어디 가?"

아무 예고 없이 상진이 그라운드에 발을 딛자 삼삼오오 자리에 앉아서 이야기를 나누던 관중들이 일제히 그를 바라봤다.

그들을 향해 손을 흔들어 주자 우레와 같은 함성이 터져 나왔다.

─이상진 선수가 그라운드에 나와 관중들에게 인사를 하고 있습니다!

─팬 서비스가 참 좋기로 유명한 선수죠. 웬만한 선수들은 정해진 시간에만 사인을 해 주는데 이상진 선수는 메이저리그에서도 소문날 정도로 엄청나게 사인을 해 준다고 합니다.

관중들의 열광적인 환호를 이끌어낸 상진이 의기양양한 표정으로 돌아오자 조나단은 피식 웃었다.

"이 자식은 긴장도 안 하나."

"긴장할 게 뭐 있다고 그래? 아무튼 관중들의 함성은 이리 들으나 저리 들으나 참 기분이 좋아."

"너 기분 좋으려고 나갔다가 온 거냐? 올스타전에 가서 함성 한번 받으면 기절할 놈이네."

조나단은 투덜거리면서도 빙그레 미소 지었다.

쇼맨십이라고 해야 할까, 혹은 관심 종자라고 불러도 무방할 정도였다.

하지만 톡톡 튀는 행동에는 자신감이 묻어 있었고 실력으로 뒷받침하고 있었다.

적어도 이상진이 지금과 같은 활약을 이어 나간다면 팬들의 열정은 늘 뒤따라올 것이다.

"후우, 긴장되네."

경기 시작 전까지 남은 시간은 이제 10분.

선수들은 점점 경기에 집중하기 시작했다.

특히 마이너리그에서 콜업되어 첫 출전을 눈앞에 두고 있는 몇몇 선수는 긴장하고 있는 게 눈에 띌 정도였다.

상진도 손에 들고 있는 공으로 이것저것 그립을 쥐어 보다가 대뜸 물었다.

"잊어버리진 않았지?"

조나단은 미심쩍은 눈으로 상진을 바라봤다.

새로 사인을 교환하기도 했고 확실한 대답도 받았다.

하지만 실전에서 써 본 경험이 있는 것과 없는 건 하늘과 땅 차이였다.

심지어 스프링 트레이닝 기간에도 던져 본 적이 없었다.

"그런데 그거 정말 던질 거냐?"

가끔 쓰기는 했어도 실전에 등장하지 않았던 무기.

"메이저리그에서 통할 만한 수준까지는 올라왔다고 생각하 니까."

그동안 꾸준히 준비해 왔던 이상진의 새로운 무기.

"안 쓰고 있는 것도 아깝잖아?"

그래서 오늘 이상진은 새로운 걸 준비해 왔다.

이상진은 여러 가지 구종을 가지고 있다.

최고 구속이 100마일에 달하는 포심 패스트볼.

93~4마일에서 형성이 되며 포심처럼 날아가다가 타자 앞에서 살짝 꺾이며 땅볼을 유도하는 데 최적화된 투심 패스트볼.

명품까지는 아니더라도 투심과 섞어 쓰면 위력이 배로 증가하는 슬라이더와 커브.

타이밍을 빼앗기 위해 단련한 체인지업까지.

메이저리그에 와서 여러 가지 구종을 던졌다.

하지만 던질 줄 알면서도 메이저리그에 진출한 이후 한 번도 던지지 않은 구종이 하나 있었다.

"스트라이크!"

탬파베이의 1번 타자로 나온 얀디 디아즈는 흠칫 놀랐다.

최고 구속 100마일(160Km/h)에 달하는 포심 패스트볼이었다.

그런데 평소보다 미트에 틀어박히는 소리가 더 큰 기분이었다.

"볼!"

바깥쪽으로 흘러나가는 슬라이더를 걸러냈지만 얀디 디아즈는 순식간에 투 스트라이크 원 볼까지 카운트를 몰렸다.

그러면서도 아슬아슬하게 경계에 걸쳐 있는 공이었다.

'무시무시한 제구력이야.'

보통 메이저리그 정상급 투수들이라고 해도 실투율은 5~7퍼센트 정도에서 형성이 된다.

그런데 얼마 전에 전력 분석팀이 통계를 낸 결과에 따르면 이상진의 실투 비율은 어마어마하게 낮았다.

무려 1.47퍼센트.

100개를 던지면 그중에 실투가 한두 개 정도밖에 나오지 않는다는 뜻이었다.

그것도 완투를 밥 먹듯이 하는 걸 고려해 볼 때 이상진의 체력이 얼마나 무시무시한지를 알려 주는 근거이기도 했다.

'그러면 다음 공은?'

공격적인 투구를 하는 이상진의 특성상 다음 공은 80퍼센트 이상의 확률로 스트라이크가 들어올 것이다.

배트를 꽉 움켜쥔 얀디 디아즈는 다음 공을 예측해 봤다.

그리고 어떤 구종을 노릴지 결정한 그는 타이밍에 맞춰서 배트를 휘둘렀다.

퍼걱!

'음?'

공이 배트에 맞는 느낌이 들었다.

하지만 공이 맞았을 때 나는 평소 때의 소리와 전혀 달랐다.

본능적으로 1루를 향해 달리면서도 디아즈는 방금 전에 봤던 광경을 잊을 수 없었다.

배트가 부러져서 나뒹굴고 있었다.

"아웃!"

1루에서 아웃된 디아즈는 고개를 돌려 부러진 배트를 바라봤다.

중간이 아예 산산조각이 나 두 동강 난 배트를 보며 그는 고개를 갸웃거렸다.

＊   ＊   ＊

─오늘 세 개째 배트가 부러져 나갑니다!

─미스터 리의 구위가 오늘 무척이나 좋은 모양입니다!

야구 선수 출신이 아닌 해설자나 아나운서의 말과 달리 구위는 크게 달라진 게 없었다.

그리고 탬파베이 레이스의 코칭스태프와 선수단의 표정은 급격히 어두워졌다.

2회까지 여섯 명의 타자 중 세 명의 배트가 부러져 나갔다.

"투심은 아닙니다."

"나도 알고 있다. 방향이 전혀 다르니까. 투심보다 조금 더 빠르면서 슬라이더처럼 휘는 구종은 하나밖에 없지."

커터, 혹은 컷 패스트볼이라고 부르는 구종이 지금 눈앞에서 펼쳐지고 있었다.

보통 슬라이더는 우완 투수가 던지면 우타자의 바깥쪽으로 휜다.

이상진의 투심 패스트볼은 변화를 자주 주어서 그렇지만 커브만큼의 종적 변화가 있어서 더욱 까다로웠다.

그런데 지금 던지는 공은 여태까지 이상진이 던진 공과 전혀 달랐다.

"이상진이 커터를 던진 적은 없지 않았나?"

"한국에서는 몇 차례 있었지만 메이저리그에서 통할 만한 수준은 아니었습니다."

"그러면 이제 통할 수준이 됐다는 건가."

케빈 캐시 감독은 입술을 깨물며 신음했다.

'이상진은 매우 영리한 투수다. 아무런 준비도 되지 않은 공을 무작정 실전에서 쓸 리가 없지.'

하지만 실전에서 아예 쓰지 않았던 공이었다.

그런데도 그걸 들고 나왔다는 건 자존심 상하는 일이었다.

"우리는 그저 새로운 구종의 영점을 조절하는 용도라는 거냐? 웃기지 말라고 해!"

약간 흥분하긴 했어도 케빈 캐시 감독도 메이저리그의 팀 하나를 맡고 있었다.

대응책이 없지는 않았다.

"컷 패스트볼은 제구력이 뒷받침되어야 하는 공이다. 아무리 제구력이 좋은 이상진이라고 해도 완벽하게 제구가 될 리가 없어. 계속해서 배트에 공이 맞는 게 그 증거지. 그러니 아직 제구가 확실히 잡히지 않은 컷 패스트볼을 노려서 쳐라. 그게 너희가 할 일이다."

컷 패스트볼은 보통의 포심보다 약간 느린 속도로 날아가다가 홈 플레이트 부근에서 순간적으로 휘어진다.

슬라이더보다 휘는 각도가 작고 포심 패스트볼과 구분하기 어려울 뿐더러 타자의 입장에서 보면 공을 배트에 맞히는 것도 어렵다.

그런데도 공이 배트에 맞는다는 건 아직 제구가 불안정하다는 말이라는 소리였다.

물론 그게 말만큼 쉬운 일이 아니었다.

"스트라이크! 아웃!"

그런데 뭔가 이상했다.

타자들은 컷 패스트볼을 비롯해서 스트라이크존 안에 들어오는 공을 노렸다.

일부는 범타가 되기도 했고 일부는 삼진이 되기도 했다.

하지만 안타는 하나도 나오지 않았다.

'기분이 이상해. 뭔가 놓치고 있는 기분이야.'

케빈 캐시 감독은 자신이 무얼 놓치고 있는지 곰곰이 생각해 봤다.

하지만 딱히 짐작 가는 건 없었다.

이상진은 평소의 경기 운영에서 컷 패스트볼 하나가 추가된 정도였다.

그런데 너무 까다로워졌다.

'이유가 뭘까? 컷 패스트볼 하나가 추가됐다고 해서 이 정도가 되진 않아. 오히려 패턴 자체는 더욱 단순해졌는데 헛스윙

이나 나쁜 타구가 더 자주 나오게 됐어.'

조금 더 살펴보니 투구 패턴보다 아웃카운트를 잡는 게 달랐다.

오늘은 범타를 주로 유도해 내고 있었다.

평소에 삼진을 마구 잡아 대던 것과 전혀 달랐다.

그리고 오늘 주력으로 던지는 구종이 무엇인지 깨달았다.

"슬라이더! 그리고 컷 패스트볼! 이거로 유도하고 있었구나!"

*   *   *

'너희 생각은 대충은 알 수 있지.'

무볼넷 이닝이 길어질수록 그 기록은 투수 본인도 의식할 수밖에 없었다.

그건 돈, 명예 등에 초연해한다고 해도 어쩔 수 없는 일이었다.

문제는 이상진이 기록을 의식하는 게 자신뿐만이 아니라는 사실을 안다는 것이었다.

'내가 기록을 의식하고 있다는 걸 알고 그걸 역으로 노려오겠지.'

그리고 실제로 스트라이크존을 적극적으로 공략해 왔다.

타자들이 어떻게 해 오는지 짐작하고 그게 사실임을 확인한 상진에게 선택의 여지는 없었다.

"스트라이크! 아웃!"

바깥으로 흘러나가는 슬라이더를 컷 패스트볼로 착각한 타자의 배트가 여지없이 허공을 갈랐다.

아까부터 땅볼이 되거나, 아니면 헛스윙으로 삼진을 당했다.

그리고 아웃카운트를 올리게 되는 마지막 공은 스트라이크가 아니었다.

"하아아."

케빈 캐시 감독의 입에서 깊은 한숨이 흘러나왔다.

5회가 되어서야 확실하게 깨달을 수 있었다.

무볼넷 이닝을 이어 가는 걸 역으로 이용해서 결정구를 볼로 던지고 있었다.

심지어 아까는 2볼 상태에서도 아슬아슬하게 바깥으로 빼내서 타자의 배트를 유인해 내기도 했다.

그러면서도 투구 수를 관리할 여유가 있었다.

6회를 끝마친 이상진의 투구 수는 고작 72개뿐.

"하나같이 배트가 빗맞는군."

"오늘 배트만 여러 자루 박살이 났습니다."

컷 패스트볼이 커터(Cutter)라고 불리는 건 별다른 이유가 있어서가 아니다.

투수가 던지는 손과 반대쪽에서 치는 타자가 평범한 패스트볼이라 생각하고 배트의 중앙으로 쳐 내려고 하면 공은 안쪽으로 꺾여 들어온다.

그럴 때 배트의 손잡이 부분, 혹은 가는 부분에 맞기에 잘 부러지게 된다.

마치 오늘처럼.

＊　　　＊　　　＊

"재미있는데."

오늘 처음 컷 패스트볼을 실전에서 사용하게 되자 신난 건 이상진만이 아니었다.

그걸 받는 조나단도 입가에 미소가 떠나지 않았다.

"언제 이런 걸 연습했냐?"

"가끔? 던질 줄은 알았는데 마음에 드는 그립을 잘 찾지 못했거든."

컷 패스트볼은 슬라이더 그립을 조금 변형해서 쥐고 손목으로 변화를 주는 방법과 패스트볼 그립에서 악력으로 공을 세게 누르는 방법이 있었다.

메이저리그에 와서 커터의 개량에 신경을 쓰던 이상진은 이 두 가지 방법을 합쳐 보기로 했다.

그래서 탄생한 게 이상진표 커터였다.

퍼걱!

커터에 또다시 타자의 배트가 박살이 났다.

제대로 맞을 턱이 없는 공은 이상진에게 데굴데굴 굴러왔고 상진은 그걸 주저 없이 잡아 1루로 송구했다.

"아웃!"

7회에 등판해서 아웃카운트를 하나 잡아내자 관중들은 모두 기립했다.

그들은 바로 이 순간을 기다리고 있었다.

그렉 매덕스가 세웠던 내셔널리그 무볼넷 이닝 신기록 72.1이닝.

마운드에 서 있는 동양인 투수가 지금 아웃카운트를 잡으며 레전드와 어깨를 나란히 했다.

"1이닝만 더 잡아라! 이상진!"

"미스터리한 미스터 리! 더욱 미스터리해져라!"

심지어 적장인 탬파베이 레이스의 감독 케빈 캐시도 벤치에서 새로운 기록을 세운 이상진을 향해 박수를 보냈다.

리글리 필드를 꽉 채운 4만여 명의 관중들이 보내는 박수는 그칠 줄 몰랐다.

이상진은 모자를 벗고 관중들을 향해 인사를 하고 다시 타석에 선 타자에게 집중했다.

'이것 하나로 그렉 매덕스의 기록 하나를 넘어선다.'

물론 그가 세운 숱한 기록 중 하나를 넘어서는 것뿐이었다.

하지만 처음이 반이라고 했고 천 리 길도 한 걸음부터라고 했다.

"스트라이크!"

아직도 경신해야 할 기록은 너무나도 많았다.

무볼넷 이닝 기록을 경신하고 나면 노려 보고 싶은 건 하나 또 있었다.

"스트라이크!"

355승 227패라든가, 통산 평균 자책점이 3.16이라든가.

혹은 누적 5,008.1이닝이나 3,371삼진, 999볼넷과 같은 기록은 오랫동안 던져야 하기 때문에 경신이 어려울지 모른다.

　그래도 지금 이상진이 뛰어넘을 수 있는 기록이 하나 또 있었다.

　'4회 연속 사이 영 상 수상 정도라면 내가 노릴 수 있지 않을까?'

　조나단이 들으면 거품을 물고 발광할 생각을 하며 이상진은 세 번째 공을 던졌다.

　"스트라이크! 아웃!"

　7회 두 번째 타자가 삼진으로 물러났다.

　그리고 이상진은 메이저리그에 새로운 역사를 새겼다.

　　　　*　　　　　*　　　　　*

　「그렉 매덕스의 무볼넷 이닝 기록, 이상진이 뛰어넘다」

　「이상진, 자신의 우상을 뛰어넘다, 그렉 매덕스는 나의 우상」

　「메이저리그에 새로운 역사를 아로새긴 이상진, 다음은 빌 피셔의 기록이다」

　「내셔널리그와 아메리칸리그의 차이는 무엇인가」

　"저는 제 기록을 깬 이상진 선수에게 축하를 보냅니다."

　그렉 매덕스의 축전을 시작으로 메이저리그 홈페이지는 이상진의 이야기로 도배되다시피 했다.

무엇보다 스토리를 좋아하는 메이저리그 사무국 입장에서 그렉 매덕스의 기록을 혜성처럼 등장한 투수가 뛰어넘었던 사실을 대서특필했다.

"이상진 선수! 한 말씀만 부탁드립니다!"

"이상진 선수!"

"미스터 리!"

　기자들은 승자 인터뷰를 위해 로커 룸을 밀고 들어왔다.

　마침 옷을 갈아입고 있던 이상진은 육포를 입에 물고 있는 채로 기자들을 맞이했다.

　평소에는 옷으로 가려져 있던 이상진의 상체를 본 기자들은 순간 입을 다물 줄 몰랐다.

"와우!"

　근육 트레이닝에 일가견이 있는 기자 하나가 탄성을 터뜨렸다.

　숱한 야구 선수들을 봐 왔지만 개중에는 생각 이상으로 근육을 키워서 문제가 됐던 선수도 있고 너무 근육이 없어서 문제인 선수도 있었다.

　그런데 군살 하나 없는 몸에 배겨 있는 근육은 너무 팽팽하지도 않았고 너무 단단하지 않았다.

　야구선수로 보자면 가장 이상적인 근육을 가지고 있었다.

"무슨 일로 다들 몰려오신 거죠?"

"그렉 매덕스의 내셔널리그 72.1이닝 무볼넷 신기록을 깨셨는데 기분이 어떠십니까?"

　다들 그렉 매덕스에 대한 찬양과 함께 가슴 벅찬 소감을 바라며 녹음기를 들이밀었다.

하지만 이상진은 별로 대수롭지 않다는 반응이었다.

"당시 그렉 매덕스, 우리의 프로페서이자 마스터께서는 고의사구로 무볼넷 이닝을 끝냈습니다. 아마 더 늘리고자 했다면 더 늘렸을 수도 있는 분이며, 감독의 지시를 무시하지 않으셨던 그분을 존경합니다."

"예?"

그렉 매덕스의 무볼넷 이닝 기록은 벤치의 지시로 인해 고의사구로 끝났다.

이상진은 그런 기록을 뛰어넘은 것 정도는 아무것도 아니라 말하고 있었다.

"오늘 인터뷰는 사양하겠습니다."

"아니, 자, 잠깐! 미스터 리!"

"하지만 다음 인터뷰는 미리 예고해 두겠습니다."

진정한 기록을 위해서는 다음이 중요했다.

"1962년 빌 피셔 선수가 세운 84.1이닝을 깬 후, 여러분과 정식으로 기록 경신에 대한 인터뷰를 하도록 하죠."

이상진이 내놓은 건 소감이 아니라 새로운 도전장이었다.

시카고 컵스의 로커 룸 앞에는 기자들이 득실거렸다.

구단 직원이나 선수들이 움직이는 것도 어려울 정도로 인산인해를 이루고 있었다.

결국 제드 호이어 단장까지 나서서 기자들을 막아서야 했다.

"이상진 선수에 대한 오늘 인터뷰는 사양하겠습니다. 모두 물러가 주십시오."

"단장님! 호이어 단장님!"

"이상진 선수와 잠깐만 이야기하면 됩니다!"

"안 됩니다. 물러가세요."

제드 호이어 단장의 단호한 선언에 로커 룸 앞에서 대기하고 있던 기자들은 물러나야 했다.

그렉 매덕스의 기록을 뛰어넘어 내셔널리그 무볼넷 이닝을 달성한 투수.

탬파베이 레이스와의 경기에서 메이저리그 15승을 달성한 남자.

그와 만나서 인터뷰하려는 기자들의 성화는 어마어마해서 결국 단장까지 나서서 막아야 했다.

호이어 단장까지 나와 단호하게 말하자 기자들도 어쩔 수 없이 물러나야 했다.

"이상진이 뭐라고."

"어이, 그렇게 말할 선수는 아니잖아?"

역대 최고의 투수가 누구인지는 논란이 분분해도 올 시즌 최고의 투수가 누구냐는 의견에 이견은 없었다.

이 페이스가 시즌 말까지 이어진다면 내셔널리그 사이 영 상의 수상은 정해진 거나 다름없다는 이야기도 나올 정도였다.

"그런데 아까 로커 룸을 보니까 이상진 없던데?"

이해할 수 없는 단장의 축객령에 기자들 중 몇몇은 고개를 가웃거렸다.

"뭐야? 그러면 없다고 그러지 왜 내쫓아?"

"글쎄?"

이상진이 있다면 인터뷰를 막겠지만 이상진이 없는데도 로커 룸 안의 진입을 틀어막았다.

뭔가 상황이 이상했기에 기자들은 고개를 갸웃거렸다.

하지만 짐작할 만한 단서가 없었다.

"이상진을 찾아봐야겠다."

"자택에는 없다는데?"

"아까 경기장에 들어온 걸 확인했다는데 대체 어디 간 거지?"

기자들은 각자의 인맥을 동원해서 이상진을 찾기 시작했다.

하지만 그들은 이상진을 쉽게 찾아낼 수 없었다.

쇄도하는 기자들의 인터뷰 요청을 피해 이상진이 달아난 곳은 다름 아닌 청소부실이었다.

정말 눈을 속이기 쉬웠던 건 바로 그곳이 선수 로커 룸에서 불과 10미터 떨어진 곳이었기 때문이었다.

"이런 곳에 계셔도 되나요?"

"먹을 수 있다는 게 어딥니까. 기자들한테 쫓기면 먹을 것도 못 먹어요."

그는 영호에게서 받은 샌드위치 상자를 청소부들과 나눠 먹고 있었다.

그리고 청소부들은 생각보다 소탈하고 꾸밈없이 자신들과 어울리는 상진을 보며 신기해하고 있었다.

사이 영 상 후보로 이름이 오르락내리락하면서 동시에 메이저리그 최고의 투수로 손꼽히는 이상진이 이렇게 스스럼없이 다가와 줄 줄은 몰랐다.

"좀 드세요. 집에서 직접 싸온 거니까 이상한 거 안 들었어요."

청소부들은 눈치를 보면서도 이상진이 주는 샌드위치를 받아서 입에 물었다.

영호는 생각보다 수준급의 요리라서 시중에서 파는 것보다 맛이 훨씬 좋았다.

"그런데 여기에서 이러고 있으셔도 되나요?"

"상관없어요. 저야 그냥 쉴 곳을 찾았으니까요. 등판도 엊그제 해서 몸만 간단하게 풀면 되고."

가끔은 이렇게 쉬어 주는 것도 상진이 컨디션을 조절하는 방법 중 하나였다.

기자도, 선수도, 코치도, 관계자들 그 누구에게도 간섭받지 않고 편안한 시간을 보내고 싶었다.

너무 급격하게 유명해졌고 너무 많은 주목을 받았다.

고작 2년도 안 되는 시간 동안 야구계의 시선을 한 몸에 받다 보니 그에 따른 중압감도 있었다.

아무리 겉으로 아무렇지도 않은 듯 생활해도 조금씩 쌓이는 스트레스는 영호도 어쩔 도리가 없었다.

청소부들이 전부 일을 하러 나가자 상진은 홀로 남아서 눈을 감았다.

훈련 시간이 될 때까지 여기에 숨어 있을 생각이었다.

그러면서도 한숨을 쉬면서 핀잔을 던지는 건 잊지 않았다.

"여기에는 웬일로 왔어요?"

"궁상떨고 있을 것 같아서 왔다."

상진은 웃으면서도 굳이 눈을 뜨지는 않았다.

지금은 조금이라도 갑가을 차단해 두고 싶었다.

"궁상이랄 것까지 있나요."

"힘드냐?"

"사람의 관심이라는 게 늘 반가운 법은 아니니까요. 특히 죽자고 달라붙는 기자들의 관심은 더욱 그렇죠."

"그래도 익숙해져야 할 거다."

그 말도 맞았다.

야구계에 새롭게 등장한 신성으로서 이제 은퇴할 때까지 이런 주목을 받게 될 것이다.

아니, 은퇴한 이후에도 받게 될 것이다.

"익숙해져야 하는 건 아는데 벌써부터 이러니 참 힘드네요."

"그래서 도망친 거냐?"

"가끔은 이런 시간도 필요하잖아요. 그래도 슬슬 일어나야죠."

피하지 못하면 즐겨라.

언제나 들었던 말이지만 진정으로 즐기는 사람이 되려면 아직도 갈 길이 멀어 보였다.

＊   ＊   ＊

무볼넷을 75이닝까지 끌어올린 이상진은 탬파베이 레이스와의 경기에서 승리를 거둠으로 15승을 달성했다.

메이저리그에서 전반기에 15승을 달성한 투수는 아직까지 아무도 없었다.

맥스 슈어저도, 제이콥 디그롬도, 클레이튼 커쇼도, 심지어 유형진까지.

그 누구도 아직 달성하지 못한 15승을 이상진이 먼저 달성해 냈다.

"멋지다! 이상진!"

"한국 투수가 메이저리그 최고의 자리를 넘보다니! 유형진 이후로 처음이다!"

"역시 충청 호크스는 메이저리거 사관학교라니까!"

한국의 팬들은 메이저리그 15승과 0점대 방어율을 기록하고 있는 이상진에게 환호했다.

올림픽 대표 팀 합류 일정이 정해지면서 2020 도쿄 올림픽 야구 대표 팀에 대한 관심도 점점 높아지고 있었다.

"한국에서 응원해 주시는 팬 여러분께 진심으로 감사드립니다."

"올해 20승을 노리고 계신가요?"

"물론입니다. 그리고 힘이 닿는다면 더 나은 성적을 거두도록 노력할 생각입니다."

"오늘 승리 정말 축하드립니다! 무볼넷 이닝 신기록을 꼭 경신하시면 좋겠네요."

"응원해 주셔서 감사합니다. 국민 여러분의 성원에 좋은 모습으로 보답하겠습니다."

7월 10일 애틀란타 브레이브스의 홈인 트루이스트 파크에서 벌어진 컵스의 원정은 성공적이었다.

연속 무볼넷 이닝 기록도 오늘 8이닝 무실점을 기록하며 84이닝까지 늘렸다.

빌 피셔의 기록도 이제 0.1이닝을 남겨 두고 있었다.

다만 그 기록의 경신은 전반기에 이룰 수 없게 됐다.

"올스타전 일정도 참 빡빡하네요. 컵스를 원망해야 할지, 대표 팀을 원망해야 할지 모르겠네요."

"10일에 경기를 치르고 15일에 올스타전이라니. 마치 체력의 한계를 시험해 보는 듯한 일정이야."

영호는 올스타전 전에 투수를 이렇게 빡세게 굴릴 줄은 몰랐다.

물론 8이닝을 소화해서 평소처럼 완투를 시키지 않은 게 다행이라고 생각될 정도였다.

"뭐, 딱히 한계랄 건 없어요. 체력적으로 힘들지는 않으니까요."

"너야 머릿속에서는 월드시리즈까지 스케줄 구상은 다 해 뒀을 테니 걱정은 안 한다만."

"가끔 느끼는 거지만 저승사자는 독심술도 쓸 줄 알았죠?"

"그런 거 난 모른다."

이제 올스타전만 기다리면 됐다.

마이너리거들이 12일에 모여서 치르는 올스타 퓨처스 게임이나 13일에 벌어지는 홈런더비 일정은 아무래도 좋았다.

상진이 집중할 건 내셔널리그 선발로 출전하는 14일의 올스타전이었다.

"이건 전초전이겠지?"

"아마도 그렇겠죠."

상진은 피식 웃으며 차 안에 놓여 있는 신문을 펼쳤다.

「이상진 대 유형진, 한국인 투수들 사이의 올스타전 대결」

「내셔널리그와 아메리칸리그, 메이저리그의 양대 리그를 주름잡는 한국인 투수들의 대결」

「한국이라는 작은 리그는 어떻게 둘을 키워 냈는가?」

올해도 방어율 1점대 후반을 달리며 아메리칸리그 사이 영상을 노리는 유형진이 아메리칸리그 선발로 나오게 됐다.

어떻게 보면 그렉 매덕스의 기록을 경신하는 것만큼 두근거리는 일이었다.

"고향 팀 선배하고 맞대결하게 된 기분은 어때?"

"당연히 좋죠. 메이저리그에 오면서 이런 걸 기대했으니까요."

이적을 생각했을 때 사실 LA 다저스는 전혀 고려하지 않았었다.

하지만 그때 잠시나마 다저스가 이적할 팀 명단에 포함됐던 건 유형진이 아메리칸리그에 속해 있는 토론토 블루제이스로 이적해서였다.

서로 맞대결을 하려면 각자 다른 팀에 있어야 했다.

물론 자신이 시카고 컵스에 이적했고 일정상 정규 시즌에서 마주칠 일은 올스타전 이후에야 가능했다.

그것도 둘의 로테이션이 겹치지 않는다면 서로 마주칠 일은 없을지도 몰랐다.

그래서 이렇게 올스타전에서 만날 수 있는 게 무척이나 기뻤다.

"선발 맞대결이라고 해도 길게 끌 수는 없겠지."

"그리고 스타일도 전혀 다르니까요."

이상진은 타자의 타이밍을 빼앗고 구위로 윽박지르며 삼진을 잡아내는 스타일.

유형진도 타자의 타이밍을 빼앗는 건 똑같지만 삼진보다는 땅볼을 유도하는 스타일이었다.

"아무튼 올스타전은 한국에서 난리도 아니야. 한국인 선수 둘이 붙게 되니 아주 열광이더라."

슬쩍 밀어준 스마트폰에 떠 있는 한국 스포츠 뉴스는 온통 이상진과 유형진의 맞대결 성사에 흥분해 있었다.

세계 최고의 야구선수들이 모이는 메이저리그.

거기에서 서로 내셔널리그와 아메리칸리그를 평정하고 각자

선의의 경쟁을 펼치는 두 투수가 맞대결을 하게 됐으니 흥분하지 않을 수가 없었다.

"다들 기대해 주니 고맙네요."

쇼핑 겸 기분 전환을 위해 마트에 온 상진은 주위에 사람이 많아지자 쓰고 있던 모자를 꾹 짓눌러 썼다.

이것도 인기 스타가 된 사람의 숙명과도 같았다.

하지만 이렇게 모자를 깊게 써도 알아볼 사람은 다 알아봤다.

"혹시 미스터 리?"

연고지인 시카고에는 이상진을 아는 사람과 마주칠 일이 생기곤 했다.

게다가 시카고 컵스의 유니폼을 입고 마트까지 올 정도의 광팬이었다.

상진은 백인 남성을 향해 어색하게 웃으면서 고개를 끄덕였다.

"안녕하세요?"

이상진을 만나 깜짝 놀란 팬은 순간 주위를 둘러보며 입을 틀어막았다.

그리고 목소리를 한껏 낮추어 물었다.

"저 진짜 자주 챙겨 보는 팬이에요! 정말 반가워요!"

"사인해 드릴까요?"

"아! 지난번에 이미 받았어요. 쇼핑하러 오신 건가요?"

팬은 상진의 옆에 있는 영호가 고개를 끄덕이자 그제야 미소를 지으면서 조심스럽게 말했다.

"나중에 또 뵐게요. 쇼핑 잘하세요."

뭔가 호들갑스러운 일 없이 팬은 조용히 지나갔다.

경기장에서 자신을 만나는 팬들은 환호하며 맞이했는데 왠지 전혀 다른 광경에 상진은 얼떨떨한 기분이었다.

하지만 이내 이해할 수 있었다.

"역시 사생활을 존중해 주는 분위기네요."

"예전에 어떤 선수도 레스토랑에서 식사할 때 같은 식당 안에 있던 팬들이 다 모르는 척해 줬다잖냐. 이것도 그런 거겠지."

물론 모든 팬이 선수를 잘 배려해 주는 건 아니었다.

그런 의미에서 저렇게 조용한 팬을 만난 건 참 다행이었다.

"하여튼 이래저래 복 많이 받은 놈이다."

"제가 뭐 받기만 하는 놈인가요. 아, 파프리카는 좀 빼 줘요."

"이런 것도 잘 챙겨 먹어야지. 맛있게 해 줄 테니까 닥치고 먹어."

계속 쇼핑을 하는 영호와 상진을 보며 알아보는 사람들이 더 있었다.

하지만 그 사람들 역시 처음 만났던 팬처럼 이상진을 모르는 척하거나 가벼운 인사를 건넸다.

그때 한 아이가 상진을 가리키며 소리쳤다.

시카고 컵스의 유니폼과 모자를 쓴 걸 봐서 부모가 컵스의 팬인 모양이었다.

"와! 미스터리다!"

아이의 부모는 당황한 표정을 지었고 마트에 있던 사람들은 전부 작게 웃음을 터뜨렸다.

상진도 그 아이에게 웃어 주면서 머리를 쓰다듬어 주었다.

"안녕? 이름이 뭐니?"

"토마스요! 저 아저씨 정말 좋아해요! 삼진 많이 잡아서 재밌어요!"

"그러면 선물을 하나 줄게. 뭘 갖고 싶니?"

"하나 있어요!"

사인을 해 달라거나, 혹은 소장품 중 하나를 달라고 할 줄 알았다.

그런데 어린이 팬의 꿈은 생각보다 컸다.

"뭔데?"

"월드시리즈 우승요!"

아이의 부모도, 영호도, 다른 사람들도 당황한 표정을 지었다.

하지만 상진이 웃으며 건넨 대답이 더욱 걸작이었다.

"그러면 연말까지 기다려야 하는데, 괜찮겠니?"

메이저리그에서 올스타로 (1)

"너는 무슨 월드시리즈 우승을 가지고 치킨 시키는 것처럼 이야기를 하냐?"

"맞잖아요? 주문하고 조리해서 가지고 오는 거니까."

치킨집에 주문하면 조리해서 가지고 오는 치킨.

마치 월드시리즈도 주문하면 가져오는 것처럼 이야기하는 상진의 말에 영호는 헛웃음을 터뜨렸다.

"월드시리즈 우승이 얼마나 어려운지는 아는 거냐?"

"잘 알고 있죠. 시카고 컵스도 100년이 넘어서야 가능했던 우승이니까요."

"그걸 아는 놈이 그런 말을 해?"

"당연하잖아요? 저는 우승을 하려고 여기에 온 거예요. 고작

2등, 3등을 하려고 도전하는 사람은 없어요."

현재 시카고 컵스는 2위 세인트루이스 카디널스와 5경기 차이로 내셔널리그 중부 지구 1위를 달리고 있었다.

이변이 없다면 확실하게 지구 우승을 차지하고 포스트시즌 진출을 확정 지을 수 있는 성적이었다.

게다가 지구 3위인 밀워키 브루어스와도 벌써 10경기 가까이 벌어졌기에 카디널스를 제외하고는 지구 우승을 위협하는 팀도 없었다.

"후우, 그래그래. 나보다야 네가 훨씬 잘 알겠지."

"형도 이제 야구에 대해서 웬만한 전문가만큼 알잖아요. 작년 초에 아무것도 모르던 저승사자라고 생각할 수 없을 정도로요."

"젠장. 그때의 나를 생각하면 저승 문을 발로 걷어차고 싶을 정도다."

야구에 대해서 아무것도 모르던 저승사자는 어느새 유능한 매니저이자 에이전트가 되어 있었다.

"아무튼 형도 참 많이 늘었어요."

"짜슥이, 누가 누구한테 많이 늘었대? 네 야구 실력이 늘어난 것하고 비교하면 나는 훨씬 덜하지."

마치 평균 자책점 6점대의 불펜 투수였던 자신이 0점대의 에이스 선발이 된 것처럼.

상진도, 영호도, 점점 변해 갔다.

　　　　　*　　　　　　*　　　　　　*

　홈런더비에는 코디 벨린저나 피트 알론소, 에우제니오 수아레즈와 같이 작년에 홈런 타자로 쟁쟁했던 사람들이 대거 참가했다. 그리고 그 안에는 사신에게 가호를 받고 있는 토니 스미스도 있었다.

　물론 콘택트형에 중장거리 타자 유형인 그는 안타깝게 하나 차이로 벨린저에게 밀렸다.

　"우리 토니 어떠냐? 잘 치지? 조금만 더 파워에 투자했으면 벨린저도 이겼을 텐데 말이지."

　오늘도 느닷없이 찾아와서 구시렁거리는 사신의 입담에 영호는 얼굴을 찌푸렸다.

　"야야! 이거 놔!"

　"우리는 우리끼리 따로 얘기하자."

　내셔널리그로 같은 팀에 소속되지만 않았으면 짓밟아 놨을 거라고 투덜거리던 영호는 사신의 말이 점점 길어지자 그를 끌고 사라졌다.

　홈런더비가 끝나고 내일 경기를 위해 다들 흩어지는 가운데 토니 스미스가 상진에게 다가왔다.

　"오랜만이네요."

　"그러네요."

　그 인사로 끝이었다.

　상진은 딱히 라이벌 팀인 카디널스의 수위 타자에게 말을 걸 이유도 없었고 그럴 만한 친분도 없었다.

토니 스미스도 상진에게 말을 걸었지만 돌아오는 게 없자 할 말이 궁해져 입을 닫았다.

"왜 왔습니까?"

"그냥 얘기라도 좀 해 보고 싶어서요. 그리고 같은 기분을 공유할 수 있으니까요."

전 세계에서 시스템을 사용하는 단둘뿐인 사이.

토니는 어딘가 모르게 다른 사람들과 엇나가 있는 듯한 기분을 공유할 대상을 찾고 있었다.

그게 바로 이상진이었다.

"딱히 공유할 만한 기분인 건 아니잖습니까?"

"그것도 그렇긴 하네요. 하지만 가끔은 붕 떠 있는 기분이 들지 않나요?"

상진은 아무 말도 하지 않았다.

토니가 하는 말이 무엇인지는 알아도 대꾸하고 싶지 않았다.

침묵을 긍정으로 받아들인 토니는 조금 더 옆으로 다가와 앉았다.

"처음에는 세상 사람들에게 없는 시스템을 가지고 다른 사람과 다른 세계에 사는 듯한 감각 때문에 외로웠습니다. 그래서 당신 같은 사람이 있다는 걸 알고 무척 반가웠습니다."

"그런 이야기는 지난번에 하는 게 맞지 않을까 생각되는군요. 그리고 저는 딱히 그쪽하고 할 말이 없습니다."

이상진은 분명하게 선을 그었다.

올스타전에서 같은 팀이 됐다고는 하나 토니는 카디널스의 선수.

그리고 자신은 컵스의 선수였다.

"지금 나한테 말을 거는 행동은 당신이나 당신의 팀 선수들에게도 좋지 않을 겁니다. 그리고 이렇게 찾아오는 것부터 당신이 팀에서 얼마나 겉놀고 있는지 알 수 있고요."

정곡을 찔렸는지 토니는 아무 말도 하지 않았다.

상진은 손으로 얼굴부터 앞머리까지 쓸어 넘기며 자리에서 일어났다.

"확실히 다른 사람과 붕 떠 있는 기분은 느낀 적이 있죠. 하지만 나는 당신 같은 생각을 해 본 적은 없습니다. 나는 팀 동료들을 좋아하고 또 그들과 함께 우승을 향해 달려가길 원합니다."

아주 잠깐 이야기를 해 본 것뿐이지만 이상진은 토니와 자신의 차이점이 무엇인지 확실하게 알 수 있었다.

"하지만 당신은 아니지 않습니까? 얼마 전까지 당신의 영상을 보면서 연구할 때마다 드는 위화감이 있었습니다. 그게 바로 개인 기록에 치중한 나머지 팀에는 안중도 없었기 때문이라는 걸, 지금 확실히 알게 됐네요."

상진은 토니를 놔두고 돌아가기 위해 주차장으로 향했다.

그리고 차에 가니 미리 와서 기다리고 있던 영호가 그를 반겼다.

"얘기는 잘했냐?"

"잘하고 자시고가 있겠어요? 젠장, 괜한 말을 한 기분인데요."

"뭐라고 했는데?"

토니와 나눈 짤막한 대화를 알려 주자 영호는 박장대소했다.

"이야, 그거 반대로 말하자면 개인 기록이 아니라 팀을 위해서 뛰게 되면 다음 경기에서도 승부는 장담하지 못하겠는데?"

"제 말이 그 말이에요. 에이, 괜한 말을 해서 각성시켜 주는 게 아닌가 몰라요."

"혹시 모르지. 네 말을 좋게 해석하기보다 분기탱천해서 나중에 요리하기 쉽게 될지도."

"그거야말로 낙관론이네요."

독설을 들은 사람의 반응은 두 가지다.

그걸 받아들이고 체념하거나, 혹은 반발하여 더욱 뛰어난 사람으로 거듭나는 것.

토니 스미스는 과연 어떤 방향으로 나아갈까.

"더 성장해서 돌아와도 상관없어요."

"어차피 짓밟아 버릴 예정이니까?"

"당연하죠."

내일의 아군은 모레의 적이 될 예정이다.

그 예정대로 상진은 토니 스미스를 흠씬 짓밟아 놓을 생각이었다.

*　　　　*　　　　*

올스타전 감독은 전 시즌 월드시리즈에서 맞붙은 두 팀의 감독들이 뽑힌다.

내셔널리그 팀의 감독은 워싱턴 내셔널스의 감독 데이브 마르티네즈.

그리고 아메리칸리그 팀의 감독은 휴스턴 애스트로스의 감독 더스티 베이커였다.

이번에 올스타전 삼독으로 뽑힌 디스티 베이커는 시작부터 비난에 직면했다. 그가 감독이 된 건 2020년부터였지만 그동안 휴스턴이 사인 훔치기로 인해 손가락질을 받아 왔기에 어쩔 수 없이 받아야 하는 비난이었다.

"이것 참."

아메리칸리그 팀을 맡게 된 그로서도 고민이 많았다.

벌써부터 여기저기에서 날아오는 메일과 편지는 그에게 온갖 욕을 퍼붓고 있었다. 적혀 있는 건 올 시즌을 시작할 때 받았던 것과 매우 유사한 내용들이었다.

―올스타전에서도 비디오로 장난칠 거냐?

―축제를 망치는 휴스턴의 망나니들은 당장 떠나라.

―우승을 인정 못 하듯이 작년의 준우승도 인정 못 한다. 당장 반납해라.

이 정도는 그나마 애교였다. 차마 입에 담기 어려울 정도의 욕설이 적혀 있거나, 혹은 이슬람 극단주의자와 동격으로 치부하는 모욕적인 이야기도 적혀 있었다.

"진짜 생각 같아서는 사퇴하고 싶구만."

"죄송합니다. 다 저희 탓입니다."

구단 직원들 중 몇몇이 사과를 했지만 더스티 베이커의 기분은 썩 풀리지 않았다.

메이저리그 최고령 감독인 그는 휴스턴을 맡으며 팀을 제대로 정리하겠다고 생각했었다.

하지만 시즌이 시작하기 전부터 사장단의 개입으로 인해 제대로 된 사과도 하지 못했고 시즌 초에는 다른 팀에게 고의적으로 빈볼을 당하기까지 했다.

그럼에도 아무런 불평도 할 수 없었던 게 바로 그가 휴스턴 애스트로스의 감독이기 때문이었다.

"미스터 리, 상진이라."

그는 올스타전 출전 명단을 보며 중얼거렸다.

보고 있는 건 이번에 아메리칸리그 선발로 내세운 토론토 블루제이스의 유형진이 아니었다.

그보다 더 좋은 성적을 내고 있는 내셔널리그의 투수 이상진이었다.

"이런 성적을 몇 년 동안 꾸준히 낸다면 메이저리그 명예의 전당에는 만장일치로 들어갈 수 있겠지."

올 시즌 일정상 마주칠 일이 없다고는 해도 포스트시즌에서라면 이야기는 달랐다.

그래서 올스타전에서, 관중석이 아니라 더그아웃에서 직접 볼 수 있게 됐다는 걸 다행으로 생각했다.

"부르셨습니까?"

"오, 알투베. 어서 오게."

이번에 휴스턴에서 올스타로 뽑힌 호세 알투베가 호텔 방문을 열고 들어왔다.

올 시즌 그도 많이 고생을 했다.

2019년 아메리칸리그 챔피언십 시리즈 6차전에서 알투베는 뉴욕 양키스를 상대로 끝내기 홈런을 쳐 냈다.

그때 홈으로 들어오면서 아내가 싫어하니 옷을 벗기는 세레머니는 하지 말아 달라 부탁했던 적이 있었다.

이것이 전자 센서 혹은 음성 수신기라도 달아놓은 게 아니냐는 소문으로 확대되어 곤욕을 치렀었다.

덕분에 때아닌 사사구를 많이 맞기도 했었다.

"무슨 일로 부르셨나요, 감독님?"

"내일 올스타전 때문에 그러네. 이상진에 대해서는 알고 있지?"

당연히 알고 있었다.

지금 메이저리그에서 가장 핫한 투수를 모른다고 하면 그건 야구 선수도 아니고 야구팬도 아니다.

"내일 타석에 서서 그의 공을 지켜보고 평가해 보게."

"벌써 포스트시즌 대비를 하시는 겁니까?"

"시카고 컵스는 누가 뭐래도 올해 우승 전력이야. 그리고 메이저리그에서 0점대 방어율을 자랑하고 있는 유일한 투수이기도 하지. 처음 상대해 보는 것과 두 번째 상대해 보는 것은 분명 차이가 있으니까."

알투베는 고개를 끄덕이며 그 말에 동의를 표했다.

처음 상대하는 것과 두 번째로 상대하는 건 분명한 차이가 있었다.

그의 구종, 구속, 무엇보다 마운드와 타석에서 서로 노려보며 으르렁거릴 때에만 느낄 수 있는 긴장감까지.

그래서 타순이 한 번 돌고 나면 타자들이 공을 더 잘 보게 되는 것이다.

"휴스턴이 아메리칸리그 서부 지구를 우승하고 월드시리즈까지 가는 길은 분명 험하겠지."

사인 훔치기 논란 때문에라도 손가락질과 비난은 더욱 거셀 것이다.

"하지만 그렇다고 해도 우승하는 건 포기할 수 없지 않나?"

*　　　　　*　　　　　*

주위에서 연신 플래시가 터졌다.

올스타전에서 서로 선발로 맞붙게 된 한국인 투수들 사이의 만남은 메이저리그나 한국에서나 모두 화제였다.

"오랜만입니다, 형진이 형."

"정말 오랜만이다. 미국에 왔을 때 봤어야 했는데 시간 내기가 여간 힘들어서."

유형진은 시즌을 시작하기 전보다 훨씬 날렵해진 모습이었다.

휴식기에 붙었던 군살은 전부 빠졌고 시즌이 한창 진행 중인 지금은 이게 완전체라는 분위기였다.

"이상진 선수! 유형진 선수! 서로 같은 팀 선후배인데 어떤 기분이신가요?"

"한국인 메이저리거끼리 사상 최초로 올스타전에서 선발로 등판하는데, 어떠신가요?"

한국에서 찾아온 기자들의 수도 어마어마했다

그들은 올스타전이 시작될 LA 다저스의 홈구장 다저스타디움 안쪽까지 시끄럽게 만들었다.

유형진은 쓴웃음을 지으면서 주위를 둘러봤다.

"여긴 좀 시끄럽네. 들어갈까?"

"들어가면 서로 나누어질 텐데 차라리 여기가 낫죠."

2009년부터 지금까지 이어져 온 인연이었다.

충청 호크스의 선배와 후배 사이였고 함께 경기에 뛰어 본 적도 있었으며 이제는 메이저리그라는 세계 최고의 무대에서 어깨를 나란히 하고 있었다.

"예전에 네가 부상당했을 때 참 안타까웠는데 말이야."

"재활하는 데 2년이나 걸렸으니까요. 그래도 지금 생각하면 그때 형한테 배운 체인지업이나 커브는 쏠쏠하게 써먹고 있네요."

상진은 손을 내밀어 유형진의 손을 꽉 잡고 악수를 나눴다.

그렉 매덕스가 마음속에 간직한 우상이라면 유형진은 같은 시대를 뛰며 어깨를 나란히 하고 싶은 대상이었다.

오늘 이상진이 그동안 꿔왔던 꿈이 또 하나 이루어지게 된다.

메이저리그에서 올스타로 선발된다는 건 무척이나 영광이다.

명예의 전당에 오르는 것에도 올스타에 몇 번 선발됐는가를 놓고 따지기도 한다.

그런가 하면 연봉 협상에서도 올스타 선발이 중요한 기준점으로 여겨질 때도 있다.

한국 프로 야구에서 올스타에 선발되는 것 이상으로 메이저 리그의 올스타 선발은 의미가 있었다.

"1933년부터 시작했다더라. 벌써 88년째나 되는 행사인 만큼 성대하네."

한국의 올스타전과는 비교도 안 될 정도로 많은 사람이 모여 있었고 행사도 엄청났다.

5만 6천 석이나 되는 다저스타디움을 꽉 채울 정도였고 관중석 외에도 곳곳에 놀러온 사람들로 가득했다.

"이런 열기는 참 부럽네요. 한국도 응원 문화 같은 건 열정적이긴 하지만 미국은 규모가 대단하니."

"한국이 정돈되어 있으면서 열정적이라면 미국은 정돈되지 않은 열정이지. 자신이 응원하는 팀이 경기에서 패하면 폭동이 일어나곤 하는 나라니까."

캐나다나 미국에서는 자신이 응원하는 팀이 패하면 종종 폭동이 일어나서 근처 상가에 피해를 주곤 했다.

대한민국에서는 거의 볼 수 없는 광경이었다.

"이제 시작하려나 보다."

올스타전이 시작하기 전 미국 국가인 The Star—Spangled Banner가 울려 퍼지기 시작했다.

그리고 국가 마지막 부분에서 하늘에서 엄청난 소리와 함께 에어쇼가 시작됐다.

미국 공군 곡예비행팀인 선더버드가 펼치는 축하 비행이었다.

그들은 하늘 위에 유려한 곡선을 그려 내며 올스타전을 축하했다.

"이야, 한국하고는 비교도 안 되는 스케일이네."

"관중석에서 보시라니까요."

"나는 이렇게 보는 게 더 나아. 사신 놈들도 그렇게 하는데 뭐."

그러고 보니 경기장 곳곳에 검은 후드를 뒤집어 쓴 사신들이 여기저기 앉아 있었다.

"여기 사신들은 저승사자들하고 다르게 야구 구경 자주 하나 본데요?"

"할 일 없이 시간만 때우고 죽치는 놈들이 많으니까. 그리고 여기는 체계가 없어."

"체계가 없다니요?"

"저놈들한테는 생사부가 없거든. 그냥 아무렇게나 생명을 거둬 가는 거야. 단지 할당량이 있을 뿐이지."

한국에서는 생사부에 이름이 적혀 있으며 그 순서대로 데리고 가는데 저쪽은 그런 것 없이 마구잡이로 데려간다는 말이었다.

상진은 웃음을 터뜨렸다.

"어떻게 보면 이쪽보다는 손쉬운 방법인데요? 어디처럼 황금 돼지를 입안에 쑤셔 박는 짓은 안 해도 될 테니까요."

"생각해 보니 그러네? 젠장, 우리도 나중에 그렇게 바꾸자고 할까? 매일 명단 들고 왔다 갔다 하는 것도 힘들어 돼질 거 같은데 말야."

영호는 상진이 경기를 준비하기 시작하자 투덜거리며 자신이 경기를 관람하기로 정해 둔 자리로 향했다.

투덜거리는 영호를 뒤로하고 상진은 자신의 장비를 챙겼다.

내셔널리그에 소속되어 한 팀이 된 선수들은 상진을 신기하다는 듯 쳐다보고 있었다.

"왜 그렇게 절 보죠?"

"아뇨. 진짜 많이 먹는다 생각해서요."

"얼마나 먹는 거예요?"

내셔널리그에서 몇 번씩 붙어 보며 이상진을 봤던 선수들은 이렇게 먹는 모습을 건너편 벤치에서 지켜봤었다.

하지만 바로 옆에서 보니 먹는 양이 장난 아니었다.

육포나 치킨, 혹은 집에서 싸 갖고 온 샌드위치가 산더미처럼 쌓여 있었다.

연봉의 절반 이상이 식비로 나가는 게 아닌가 싶을 정도였다.

물론 그 식비의 일정 비율 이상은 시카고 컵스의 눈물이었다.

"예전에는 이것보다 많이 먹었는데 지금은 반 정도 줄였네요."

"이게 반이라고요?"

예전에는 먹는 것으로 포인트를 어느 정도 충당했었다.

하지만 지금은 아무리 먹어도 1코인을 얻기에는 무척 힘들게 됐다.

먹는 데 힘을 쏟기보다는 차라리 그 시간에 훈련을 하거나 상대 팀 분석을 하는 편이 훨씬 좋았다.

그래서 지금은 충청 호크스 시절보다 먹는 양이 절반 정도 줄어 있었다.

물론 그만큼 질적으로 좋은 재료를 사용해서 먹고 있어서 비용은 큰 차이가 없었다.

"몸이 영 뻐근하네."

"선발로 뛴 지 4일 돼서 그렇죠. 휴식이 충분하진 않았을 테니까요."

10일에 등판하고 14일에 등판하는 게 힘든 건 아니었다.

평소의 루틴이 약간 바뀌어서 몸이 덜 풀려 있었다.

상진은 고개를 좌우로 꺾어 뚜둑거리는 소리를 내며 몸을 풀었다.

"그러면 시작해 볼까?"

*   *   *

야구 경기에서 주목받는 선수가 있게 마련이다.

그리고 언제나 그렇듯 그라운드의 중심에 있는 선수가 가장 스포트라이트를 받게 된다.

마운드 위에 서서 다저스타디움에 모인 5만 6천여 명의 관중들을 둘러보며 이상진은 전율했다.

작년 올스타전은 내셔널리그가 홈이었기에 올해는 아메리칸 리그가 홈으로 경기를 치르게 됐다.

1회 초에 등판한 이상진은 귀를 먹먹하게 만들 정도의 환호성 속에서 조용히 글러브 안의 공을 잡았다.

그때 이번에 올스타로 함께 뽑힌 세인트루이스 카디널스의 야디어 몰리나가 마운드로 다가왔다.

"헤이, 리. 오랜만인데?"

올해 마지막 시즌이라고 공언한 그는 통산 2천 안타를 달성하며 마지막 불꽃을 불태우고 있었다.

그래 봤자 이상진에게는 1안타도 뽑아내지 못했었다.

"무슨 일이죠?"

사인은 아까 교환해 뒀으니 지금 올라오는 건 다른 이유일 것이다.

"그냥? 이렇게 아군으로 만나게 됐으니까 이야기나 좀 해 보려고."

"심판이 시간 끌지 말라고 저기서 노려보는데도요?"

"심판은 신경 안 써도 돼. 이것도 하나의 퍼포먼스인걸."

몰리나는 이상진의 앞에서 꾸물꾸물 춤을 춰 보였다.

이제 은퇴를 앞둔 올스타 포수가 마운드에서 춤을 추자 관중석에서는 웃음이 터져 나왔다.

"이것 봐?"

"이런 건 한국에서랑 별 차이가 없네요."

"사인은 알지만 어떻게 던질 건지 못 들어서 말이야. 전력으로 던질 거야? 아니면 적당히 던질 거야?"

"당연히 전력이죠. 어차피 1이닝 정도밖에 못 던질 텐데."

작년의 유형진도 1이닝만 던졌고 올해도 마찬가지일 것이다.

그리고 아직 며칠 전에 던진 여파가 완전히 사라지지도 않았다. 그러니 깔끔하게 1이닝을 전력으로 던지고 내려가서 올스타전을 슬기는 편이 나았다.

'무엇보다 이번 올스타전에는 시스템이 뭔가 줄 기미도 안 보이니까.'

작년 한국에서 벌어진 올스타전에서는 시스템이 변형되며 포인트를 더 얹어 줬다.

그런데 올해는 시스템이 변화하지 않았고 그럴 낌새도 없었다.

작년에 비해서 딱히 코인이나 포인트가 부족한 건 아니었지만 그래도 작년에 줬던 걸 안 주니 조금 아쉽기는 했다.

"그러면 네가 좋아하는 사인으로 맞춰 줄게."

"뭔지는 알아요?"

몰리나는 씩 웃더니 포수석으로 돌아갔다.

어이없다는 듯 웃으면서 바라본 몰리나는 가랑이 사이로 손을 움직여 사인을 보내 왔다.

'초구는 포심을 존 안으로?'

오케이 사인을 보낸 상진은 가볍게 공을 던졌다.

초구는 96마일짜리 포심 패스트볼이었다.

올해 처음으로 아메리칸리그의 올스타로 뽑힌 라파엘 디버스는 이상진의 공을 보고 흠칫 놀랐다.

말로는 많이 들었지만 타석에서 이 공을 마주한 건 처음이었다.

'실제로 맛보니 엄청난 공이네.'

수치상으로 100마일을 던진다느니, 구위가 좋다느니.

이런 건 역시 말로 듣는 것과 직접 보는 것의 차이가 컸다.

'올스타전이라 완전한 전력으로 던진 게 아닌데도 이런 공이니까 치질 못하지.'

두 번째 공도 포심 패스트볼이었다. 강력한 패스트볼이 몸 쪽 깊숙이 꽂히자 라파엘은 자연스럽게 움츠러들 수밖에 없었다.

허구한 날 메이저리그 투수들의 공을 봐 왔던 그였지만 이상진의 공은 어딘가 특별했다.

'대체 뭐가 다른 거지?'

구속이 다른 것도 아니었다.

특별한 건 이상진이 던지는 공이었다.

아직 만 23세인 라파엘 데버스의 눈에 이상진이 던지는 공의 회전이 똑똑히 들어왔다.

"스트라이크! 타자 아웃!"

"와우!"

던지는 순간 포착한 그립은 분명 포심 패스트볼이었다.

하지만 공을 향해 힘껏 배트를 휘둘러 봐도 마치 뱀이 꿈틀거리듯 포심 패스트볼이 살짝 휘어지며 스윙 궤적에서 벗어났다.

두 번째 타자도 마찬가지였다.

다른 투수의 공보다 많은 회전수로 공의 움직임이 무척이나 예측하기 어려웠다.

두 번째 타자는 투심 패스트볼 세 개로 아웃되어 물러나야
했다.

세 번째로 타석에 선 건 휴스턴 애스트로스의 호세 알투베
였다. 어제 더스티 베이커 감독과 이야기를 나눈 알투베는 미
소를 지으며 이상진을 바라봤다.

'첫 번째는 포심 세 개, 두 번째는 투심 세 개라니. 배짱도 두
둑하지.'

아마 세 번째인 자신에게는 다른 구종을 연달아 던질 생각
일 것이다.

초구는 지켜보기로 했기에 가만히 놔두고 바라봤다.

자신의 몸 쪽으로 들어오는 듯하다가 스트라이크존 바깥쪽
낮게 깔리는 공은 분명 슬라이더였다.

다만 꺾이는 각도가 소름 끼칠 정도였다.

'젠장, 주 무기가 아닌 슬라이더가 이 정도라고?'

홈 플레이트를 통과하기 직전에 움직이기 시작하는 슬라이
더의 무브먼트는 놀라울 정도였다.

'하지만 이미 봤으니 두 번 속지는 않는다.'

이상진의 공이 아무리 무브먼트가 좋아도 그 궤적을 아는
이상 헛방을 칠 리 없다.

그렇게 생각하며 2구째 날아오는 공을 노려서 배트를 휘둘
렀다.

스트라이크존 정중앙으로 오다가 바깥쪽으로 빠지는 슬라

이더.

구종을 정확하게 맞혔지만 알투베의 배트는 허무하게 허공을 갈랐다.

"뭣?"

아까보다 변화가 덜한 슬라이더가 날아왔다.

이건 의도적으로 변화를 줄여서 던진 게 틀림없었다.

생각을 정리하려던 알투베에게 세 번째 슬라이더가 날아왔다.

이번에는 사이드암으로 던진 슬라이더였다.

"스트라이크! 아웃!"

평소보다 횡적 변화보다 종적 변화가 훨씬 심한 슬라이더였다.

어처구니없을 정도로 쉽게 삼진을 당한 알투베는 심판에게 한마디 들을 때까지 타석에서 내려가지 못했다.

* * *

─이상진 선수가 공 아홉 개로 1회를 마치고 마운드에서 내려갑니다!

─메이저리그의 관중들이 이상진 선수를 향해 환호하고 있습니다!

─올스타로 뽑힌 메이저리그 최고의 선수들이지만 이상진의 공에는 역부족입니다!

올스타로 뽑힌 선수들은 말하자면 현재 리그에서 가장 인기가 많기도 하고 가장 실력이 좋은 선수들이기도 했다.

하지만 이상진은 그들 사이에서도 압도적이었다.

군계일학이란 말은 이상진을 위해 존재하는 말 같았다.

"정말 탐나는 투수란 말이지."

데이브 마르티네즈 감독은 입맛을 다시면서 벤치로 돌아온 이상진을 바라봤다.

같은 내셔널리그에 속해 있으면서, 작년 우승 팀을 이끌고 있으면서도 좋은 선수에 대한 욕심은 어쩔 수 없었다.

그것도 리그를 아예 휘어잡고 있는 투수라면 말할 것도 없었다.

"그리고 더 보고 싶은 투수이기도 하고."

어째서 데이비드 로스 감독이 그를 완투시키는지 알 것만 같았다.

저렇게 압도적인 투구를 9회까지 보여 준다면 굳이 불펜으로 교체하고 싶지 않을 것이다.

오히려 불펜진을 투입하는 게 더 불안할지도 모른다.

"시대를 역행하는 투수야."

메이저리그는 이미 분업화가 된 지 몇십 년이나 됐으며 완투하는 투수가 있기는 해도 철저하게 관리받는 게 원칙이었다.

하지만 이상진의 등판은 로테이션을 지키더라도 강행군 수준이었다.

"리."

"왜 부르십니까?"

"2회에도 등판해 보겠나?"

데이브 마르티네즈 감독의 뜬금없는 말에 이상진의 눈이 동그랗게 뜨여졌다.

아메리칸리그 팀의 4번 타자는 호르헤 솔레어.

작년 아메리칸리그 홈런왕을 차지한 선수였다.

그는 타율은 2할 6푼 5리 정도였지만 OPS는 0.922씩이나 됐고 통산 OPS도 0.814나 될 정도로 장타자였다.

상대해 보고 싶은 상대이기도 했다.

"원래는 1이닝만 던지기로 했었을 텐데요? 물론 저는 괜찮습니다만."

이상진의 입가에 기묘한 미소가 떠올랐다.

『먹을수록 강해지는 폭식투수』 8권에 계속…